ROBERTO ARLT

El escritor fracasado
y otros relatos

Roberto Arlt

El escritor fracasado
y otros relatos

La Pereza Ediciones

El escritor fracasado
y otros relatos
© *Roberto Arlt*

© De esta primera edición 2023, La Pereza Ediciones, USA
www.lapereza.net
Directores de la colección:
Greity González Rivera
Dago Sásiga

ISBN: 978-1-6237521-9-4

Diseño de los forros de la colección:
Estudio Sagahón / Leonel Sagahón
www.sagahon.com
Portada y Maquetación Julián Herrera

ROBERTO ARLT

El escritor fracasado
y otros relatos

LA
PE
RE
ZA EDICIONES

LOS HOMBRES FIERAS

El sacerdote negro apoyó los pies en un travesado de bambú del barandal de su bungalow y, mirando un elefante que se dirigía hacia su establo cruzando las calles de Monrovia, le dijo al joven juez Denis, un negro americano llegado hacía poco de Harlem a la costa de Marfil:

—En mi carácter de sacerdote católico de la Iglesia de Liberia debería aconsejarle a usted que no hiciera ahorcar al niño Tul; pero, antes de permitirme interceder por el pequeño antropófago, le recordaré a usted lo que le sucedió a un juez que tuvimos hace algunos años, al doctor Traitering.

El doctor Traitering era americano como usted. Fue un hombre recto, aunque no se distinguió nunca por su asiduidad a la Sagrada Mesa. No. Sin embargo, trató de eliminar muchas de las bestiales costumbres de nuestros hermanos inferiores, y únicamente el señor presidente de la República y yo conocemos el misterio de su muerte. Y ahora lo conocerá usted.

El doctor Denis se inclinó ceremoniosamente. Era un negro que estaba dispuesto a hacer carrera. El sacerdote encendió su pipa, llenó el vaso del juez con un transparente aguardiente de palma, y prosiguió.

El señor Traitering era nativo de Florida, y, como usted, vino aquí, a Liberia, nombrado por la poderosa influencia de una gran compañía fabricante de neumáticos. Nosotros hemos conceptuado siempre un error nombrar negros nacidos en tierras extrañas para regir los destinos del país de una manera u otra, pero la baja del caucho obliga a todo...

El doctor negro sonrió obsequioso, y haciendo una mueca terrible ingirió el vasito de aguardiente de palma. El sacerdote continuó:

—Yo he sostenido siempre que el hombre de color, extranjero en este país, está desvinculado del clima de la selva y de la tierra. Y cuando menos lo espera, se encuentra enganchado por el engranaje del misterio bestial que en todos nosotros ha puesto el demonio, siempre en acecho del alma animal de estos pobrecitos salvajes.

El doctor Denis volvió a sonreír con obsequiosa máscara de chocolate, y el sacerdote, sirviéndole otro vasito de aguardiente de palma, prosiguió su relato:

—Hace cosa de siete años se produjeron numerosas desapariciones, que, con toda razón, supusimos de origen criminal. Niños, doncellas, a veces hasta hombres robustos, salían de su choza para no regresar. Las poblaciones de Krus comenzaron a sentirse alarmadas; al caer la tarde, frente a las cabañas, las mujeres miraban impacientes los desiertos caminos, temiendo por la desaparición de los suyos. Se iniciaron investigaciones, se ofrecieron premios, y finalmente un esclavo mandinga reveló que había sido invitado a una fiesta en el bosque que está más allá del rápido de Manba. Se destacó una compañía de gendarmes, y una noche pudo detenerse a una banda compuesta de cuarenta hombres que danzaban en torno de una muchacha de la tribu de De, lista ya para sacrificarla. Algunos de los criminales estaban cubiertos de orejudas máscaras de madera; otros, embozados en pieles de fieras. Había entre ellos hombres de la tribu de los gbalín, para quienes la antropofagia es familiar, y también un niño de Kwesi, de brazos largos y piernas cortas, que parecía un pequeño gorila. Todos confesaron sus delitos —habían devorado vivas a muchas personas—, pero no había uno solo de ellos que no alegara que cometía estos crímenes cuando se había metamorfoseado en una bestia.

—Sugestión colectiva —murmuró el negro doctor.

El sacerdote volvió su mirada hostil al pedantesco congénere, y el doctor Denis comprendió que le convenía disimular su sabiduría materialista y, para hacerse perdonar la indiscreción, repuso:

—¿La declaración del niño coincidió con la de los mayores?...

—Sí. El niño Gan alegó que, cuando bailaba con los otros hombres en el bosque, a medida que danzaba sentía que se iba metamorfoseando en una hiena. Traitering condenó a esos cuarenta criminales a la horca; su sentencia se ejecutó, y los cuarenta caníbales fueron colgados de las ramas de los árboles en los caminos que conducían a Monrovia. El único que se libró de ser ejecutado fue el niño Gan, por su corta edad: doce años.

Cuando el juez Traitering me expuso sus escrúpulos, yo me manifesté de acuerdo con él. No era posible ahorcar a una criatura de doce años. Pero Traitering estaba personalmente interesado en el caso. Pensaba escribir un libro sobre costumbres de nuestros negros, de modo que condenó al niño a prisión perpetua.

Pronto olvidamos todos a los cuarenta ahorcados. En este país hay demasiado trabajo para disponer de tiempo para pensar en muertos, y dos meses después de aquel suceso, estando yo una tarde en este barandal, mirando como mira usted al elefante de mister Marshall, bruscamente apareció el doctor Traitering.

Creo haberle dicho a usted que el juez era un hombre alto y robusto, de ojos saltones y miembros pesados. Pero ahora, su piel, como un traje excesivamente holgado, colgaba sobre la agobiada percha de su osamenta. Me miró tristemente como un gorila cuando se siente enfermo del pecho, y me dijo:

—Padre, tengo algo muy grave que conversar con usted.

Quiero advertirle, doctor Denis, que el juez Traitering no era un hombre religioso ni mucho menos. Sin embargo me di cuenta de que se trataba de un caso importante, y, dejando de ocuparme del elefante de mister Marshall, hice sentar al juez donde está usted sentado, le ofrecí un vaso de aguardiente y me quedé callado, esperando su confidencia.

Traitering lanzó un largo suspiro, pero permaneció en silencio. Yo no abrí la boca y volví a ocuparme de los chicos de mister Marshall, que jugaban en torno de las patas del elefante. Finalmente, el juez Traitering, después de lanzar otro suspiro, me dijo:

—¿Se acuerda, padre, de los cuarenta ahorcados?

Francamente, yo ya no me acordaba. Por eso le respondí un poco aturdidamente:

—¿Qué pasa? ¿Han resucitado?

—Traitering sonriose débilmente:

—¡Ojalá hubieran resucitado! ¿Recuerda usted, padre, que me aconsejó que indultara al niño?

Efectivamente, yo no podía negar que le había aconsejado que indultara al pequeño Gan.

—Sí, sí... ¿Qué es de ese huérfano?

—Lo he asesinado ayer, padre.

Me quedé mirando atónito al juez Traitering. ¡Había asesinado al niño!

—¿Por qué ha hecho eso? —terminé por preguntarle—. ¿Por qué lo asesinó?

—¡Ah, padre..., padre!... —Y el juez Traitering se echó a llorar como una criatura—. No se imagina usted la calidad de monstruo que era ese niño. Si le hubiera hecho ahorcar en compañía de los otros, no estaría yo aquí. No.

A mí se me partía el alma de ver llorar a un hombre tan recio. Traté de consolarlo, y le serví un vaso de aguardiente. (Aquí el padre aprovechó para servirse otro y llenarle el vaso al doctor Denis).

—...¿Qué ha pasado? —le dije.

Finalmente, el juez Traitering comenzó a relatarme su desgracia.

¡Santo nombre de Dios! Y después hay gente que duda de la existencia del demonio. He aquí lo que contó el infortunado:

—Un mes después que hice ahorcar a los cuarenta antropófagos del rápido de Manba, recordé que en la cárcel permanecía encerrado el niño Gan, y, como disponía de tiempo, resolví tomar apuntes respecto al proceso en que el niño declaraba sentir que se metamorfoseaba en hiena. Una tarde le hice traer a mi oficina. Un soldado me entregó al niño, y yo quedé solo con él en mi despacho.

—¿Estarás contento de haber salvado la piel? —le dije al chico en dialecto krus.

El pequeño caníbal no contestó palabra.

—¿No quisieras ahora un trozo de carne humana? —le pregunté.

Gan continuó en silencio. Yo insistí:

—Si me cuentas cómo hacías para convertirte en hiena, te daré un trozo de carne de mandinga (los mandinga son recios enemigos de los kwesi) y una botella de aguardiente.

Gan no abrió la boca. Continuaba mirándome fijamente, y, cuanto más él me miraba, más simpatía experimentaba yo hacia él. Se iba formando un lazo de amistad secreta entre nosotros. Quizá por mis venas también circulara sangre de negro kwesi, pensé. Y entonces, poniéndome de pie, me acerqué a Gan e intenté pasarle la mano por la cabeza; pero Gan se retiró velozmente, y, encogiendo el labio superior se quedó mostrándome los dientes como una fiera que quiere morder. ¡Ah, padre! Yo no sé qué pasó en aquel momento por mí; recuerdo perfectamente que no sentí ningún desagrado por ese gesto bestial, sino, riéndome también, yo fruncí los labios, mostrándole los dientes al caníbal. Entonces Gan apoyó las manos en el suelo y comenzó a andar ágilmente en cuatro pies, rozándome las pantorrillas con el flanco; yo experimenté un sobresalto terrible, me precipité a la puerta, la cerré con llave, y, apoyando las manos en el suelo, también me puse a caminar como una fiera. Y el niño lanzaba gruñidos y yo le imitaba y ambos parecíamos dos fieras que no se resuelven a reñir.

—¿Es posible? —interrumpí asombrado.

—¡Ah, padre! ¡Vaya, si es posible! Lo único que recuerdo es que en aquel momento experimenté un placer vertiginoso en degradar mi dignidad humana. Además, sentía un deseo tan violento de morder, que creo que hubiera terminado por despedazar a Gan. Él gruñía sordamente como una hiena acorralada. En aquel momento alguien llamó a la puerta. Gan, corriendo siempre en cuatro pies, se ocultó detrás de mi escritorio; yo despaché al soldado que había traído al muchacho. La verdad es que en aquellos momentos sólo me animaba un propósito. Después que el soldado se hubo alejado, le dije a Gan:

—Esta noche iremos al bosque.

Gan movió la cabeza asintiendo.

Entonces dejé al niño encerrado, me eché la llave al bolsillo y salí. Estaba afiebrado de impaciencia. Marché hacia el malecón, paseé por las orillas del lago, esperaba que la vista del agua y de las embarcaciones me calmaría, pero el cuadro de civilización del puerto me causó repulsión. Ansiaba vehementemente volver a la selva, convertirme en una bestia. Cuando la última luz de Krustown se hubo apagado, entré en el escritorio, tomé a Gan de una mano y lo hice subir a mi automóvil. Rápidamente dejamos atrás el cementerio de los krus, los cauchales. Finalmente llegué a un claro del bosque, oculté el automóvil bajo una cortina de lianas y dije a Gan:

—Haz la hiena.

Una luna llena iluminaba el camino; Gan apoyó las manos en el suelo, y yo lo imité. A poco de iniciado este juego comenzamos a gruñir, luego nos afilamos las uñas en el tronco de los árboles, hasta que, cansados, nos echamos en el polvo del camino. Juro, padre, que en aquel momento sentí que tenía cola. No hablábamos. «Sabíamos» que esperábamos a alguien. Nada más. Pero ese alguien no llegaba. La noche estaba muy avanzada, la selva se había poblado de mil ruidos, y no llegaba nadie, cuando de pronto escuchamos el silbido de un hombre, una sombra se movió en el camino, y cuando el hombre estuvo cerca de nosotros, Gan saltó sobre él, le tiró al suelo y le desgarró la garganta de un mordisco. Fue una escena vertiginosa, casi incomprensible... Dispénseme, padre, de narrarle lo que hicimos después. Yo me sentía tigre: al amanecer, me sorprendí con mi conciencia de hombre vuelta a un cuerpo completamente manchado de sangre. Gan, con la cara aplastada en la hojarasca, dormía su hartazgo espantoso.

Desperté a Gan, nos lavamos en un arroyo y volvimos a Monrovia. Devolví el caníbal a la cárcel; yo estaba horrorizado de la experiencia, creía que sería la última; pero pocos días después la tentación se presentó tan enorme y dominante, que hice traer a Gan de la cárcel, aguardé la noche y, en su compañía, nuevamente volví al bosque.

Desde entonces mi vida ha sido un infierno. Remordimientos y crímenes. Finalmente me resolví. Ayer, en compañía de Gan, fui al bosque, y allí lo maté de un tiro. Y ahora estoy aquí, padre, para pedirle la absolución de mis pecados y el perdón, porque me mataré. Es necesario que aproveche este intervalo de lucidez para exterminarme, antes que vuelva la horrible tentación a lanzarme al bosque en busca de víctimas...

El sacerdote negro calló, y Denis se quedó mirándolo. Luego murmuró:

—¿Qué hizo usted, padre?

—Comprendí que el juez Traitering tenía razón de querer matarse. Él no quería destruir al hombre que llevaba en sí, sino la fiera despierta en él. Lo confesé, le di la absolución y le dejé marchar. Algunas horas después, un muchacho del puerto trajo la noticia de que el juez Traitering se había ahogado.

Los dos hombres callaron. Los niños de mister Marshall habían dejado de jugar en torno de las patas del elefante. El sacerdote negro bebió su quinta copa de aguardiente de palma, y le dijo al flamante juez:

—Yo no le aconsejo que haga ejecutar al pequeño caníbal que usted tiene que juzgar, pero que esta historia le sirva para ponerse en guardia.

ESCRITOR FRACASADO

Nadie se imagina el drama escondido bajo las líneas de mi rostro sereno, pero yo también tuve veinte años, y la sonrisa del hombre sumergido en la perspectiva de un triunfo próximo. Sensación de tocar el cielo con la punta de los dedos, de espiar desde una altura celeste y perfumada, el perezoso paso de los mortales en una llanura de ceniza.

Me acuerdo...

Emprendí con entusiasmo un camino de primavera invisible para la multitud, pero auténticamente real para mí. Trompetas de plata exaltaban mi gloria entre las murallas de la ciudad embadurnada groseramente y las noches se me vestían en los ojos de un prodigio antiguo, por nadie vivido.

Abultamiento de ramajes negros, sobre un canto de luna amarilla, trazaban, en mi imaginación, panoramas helénicos y el susurro del viento entre las ramas se me figuraba el eco de bacantes que danzaran al son de sistros y laúdes.

¡Oh! aunque no lo creáis, yo también he tenido veinte años soberbios como los de un dios griego y los inmortales no eran sombras doradas como lo son para el entendimiento del resto de los hombres, sino que habitaban un país próximo y reían con enormes carcajadas; y, aunque no lo creáis, yo los reverenciaba, teniendo que contenerme a veces para no lanzarme a la calle y gritar a los tenderos que medían su ganancia tras enjalbegados mostradores:

—Vedme, canallas...; yo también soy un dios rodeado por grandes nubes y arcadas de flores y trompetas de plata.

Y mis veinte años no eran deslustrados y feos como los de ciertos luchadores despiadados. Mis veinte años prometían la gloria de una obra inmortal. Bastaba entonces mirar mis ojos lustrosos, el endurecimiento de mi frente, la voluntad de mi mentón, escuchar el timbre de mi risa, percibir el latido de mis venas para comprender que la vida desbordaba de mí, como de un cauce harto estrecho.

El ingenio afluía a cada una de las frases que pronunciaba. Era mi carcaj de flechas y alegremente las disparaba en torno mío, creyendo que el arsenal sería inagotable. Los hombres de treinta años me miraban con cierto rencor, mis camaradas me auguraban un porvenir brillante... por cierto me encontraba en la edad en que la sonrisa de las mujeres no nos parece un regalo demasiado extraordinario para premiar la violencia de nuestros zafarranchos de combate.

Y viví: viví tan ardientemente durante tantos días y numerosas noches, que cuando quise reparar cómo se produjo el desmoronamiento, retrocedí espantado. Una gotera invisible había cavado en mí una caverna ancha, vacía, oscura.

Y así como el inexperto viajero que se aventura por una llanura helada y repentinamente descubre que el hielo se rompe, mostrando por las grietas el mar inmóvil que lo tragará. así con el mismo horror, yo descubrí la catástrofe de mi genio, el deshielo de mi violencia. Las grietas de lo que yo creía tierra firme pertenecían a una fina capa de agua endurecida. Bastó la leve temperatura de un éxito para derretirla.

Me prodigaron excesivos elogios. Alguien me hizo un maleficio. ¡Triunfé demasiado rápidamente en aquel círculo de pequeñas fieras, para cada una de las cuales, la más preciosa flor con que podían adornarse era una vanidad regada con adulaciones!

No sé, no sé. No sé.

Después del éxito estrepitoso, mi entusiasmo decayó verticalmente. ¿Agotamiento de la vida miserable que había ardido violentamente un instante en mí? ¿Consecuencia de la total entrega en la única y última obra? No sé.

Mortal penuria... congoja de viajero perdido en el desierto.

Quise retroceder y el orgullo me lo impidió ... Pretendí avanzar... pero la ciudad que antes dilataba ante mis ojos calles infinitas, cada una de las cuales conducía a una altísima metrópoli multicolor, de pronto se acható; y entre las murallas enjalbegadas me sentí pequeño e irrisorio, y envidié la dicha de los comerciantes que había despreciado, y anhelé yo también sentarme a una mesa de madera cepillada y comer mi pan y mi sopa, sin la amargura del fracaso ni el mal recuerdo del buen éxito.

¿Cómo describir el tormento que me infligía la vanidad, la encendida batalla entre los residuos de sensatez y los escombros de soberbia? ¿Cómo describir mi llanto ardiente, mi odio encandecido, la desesperación de haber perdido el paraíso?

¡Oh, para ello se necesitaría ser escritor, y yo no lo soy! Ved mi rostro sereno, mi sonrisa fría de hombre bien nacido, mi cordialidad cortante y medida como la vara de un tendero.

Fue aquélla una época terrible.

Los trabajos de mi sensibilidad se convirtieron en el juego de un mecanismo enloquecido, alternativa de ilusiones rojas y realidades negras.

Por instantes no me quería convencer.

Miraba hacia mi pasado, separado por el brevísimo intervalo de dos años, y experimentaba el terror del hombre que ha vivido un siglo. Un siglo en plena esterilidad, sin escribir una línea.

¿Comprenden ustedes lo horrible de semejante situación? Dos años sin escribir nada. Tildarse autor, haber prometido montes y mares a quienes se molestaban en escucharnos y encontrarse de pronto, a bocajarro, con la conciencia de que se es incapaz de redactar una línea original, de realizar algo que justifique el prestigio residuo. Comprenden ustedes lo punzante que resulta aquella infame pregunta de los amigos capciosos, que aproximándose a uno, dicen con una ingenuidad que innegablemente trasciende a malignidad satisfecha:

"¿Por qué no trabajas?" O, si no: "¿Cuándo publicas algo?"

Para poner dique a preguntas indiscretas o insinuaciones irónicas, me revestí de la tiesura del espectador que ha superado las pobrezas de las actividades humanas. Tuve que defenderme y comencé a desperdigar frases:

—La vida no es literatura. Hay que vivir... después escribir.

No inútilmente se finge el fantasma. Llega un día en que se termina por serlo.

Así, insensiblemente fui impregnándome de cierta acidez que infiltró en todas mis palabras un resabio de ironía agria, cierto hedor de leche cortada.

La gente me huía instintivamente. Tuve renombre de cáustico. Mis chistes, los mejor intencionados, resultaban siempre de doble sentido, perversos, y los papanatas me cobraron un miedo terrible.

Con esa malignidad en el movimiento de los ojos que hace tan repulsivos a los ratones, descubría lo ridículo donde nadie lo sospechaba. Aproximarse a mí equivalía a resignarse a recibir una pulla insolente. Mi actitud más benévola podía traducirse en estas palabras:

"Permanezcamos en la superficie de las cosas".

Me deleitaba revolotear como un lechuzo. No sé por qué. Tampoco sé por qué les gasté bromas tremendas a los que tomaban la vida en serio, e incluso sostuve que únicamente los badulaques profundos le concedían importancia a lo que nacía de ellos.

Lo cual no impedía que de continuo se formaran en la superficie de mi conciencia, grietas que rezumaban amargo salitre de envidia. Nada me ofendió más profundamente que el éxito de un compañero a quien despreciaba en mi, fuero interno. Cierto es que el éxito era una bagatela comparado con los que podía obtener yo explotando las posibilidades encerradas en mí.

Recuerdo muy ciertamente que me acerqué a mi camarada y lo felicité indulgentemente irónico. Era una congratulación muy de estilo para molestar a las personas que consideramos inferiores a nosotros.

Nunca podré olvidar un detalle: el felicitado me examinó bruscamente, con el odio y la curiosidad de hombre en fiesta que descubre a un malhechor en su casa. Careció de tacto para ocultar su sorpresa y yo sin poderme contener agregué:

—Has hecho una obra hermosa. Lástima que hayas descuidado un poco el estilo.

Él me miró como si se preguntara a si mismo:

—¿Que busca aquí este desconocido?

Indudablemente, el éxito tiene muy mala memoria.

Aquel amigo me debía servicios y bondades extraordinarios, pero también es cierto que mi felicitación estaba muy distante de ser sincera. Era una limosna. Una limosna abortada entre labios helados.

Cuando me aparté de él, me prometí trabajar enérgicamente. Yo era una esperanza. Y una esperanza sin proporciones es siempre superior a una realidad mensurable.

Espoloneado por mi amor propio, juré ir muy lejos, sin cavilar por un instante que mi "muy lejos" pertenecía al pasado. ¡Es tan fácil, por otra parte, enunciar propósitos sin proporción!

Sin embargo repelía dichas palabras, trataba de embriagarme con su contenido, inyectarme los horizontes que englobaba. Intentaba provocar en mis sentidos esa especie de sonambulismo lúcido que precede al acto de crear; pero por más que insistía en repetir el ritornelo optimista, por más que me gritaba a mí mismo que era un genio magnífico, capaz de conquistar el África y la América, mi fraseología dejó totalmente impasibles a las facultades creadoras, y tuve nuevamente ante los ojos el espectáculo de una vida vacía y frívola.

Me indigné contra mi intelecto, hice tentativas de intimidar a la inspiración, de infiltrarme en mi propio subconsciente. Era indispensable que él obedeciera y trabajara a mi servicio, pero fue todo inútil.

No olvidaré nunca que me encerré una semana entre cuatro paredes a la espera de la maravillosa fuerza que debía inspirarme páginas inmortales, pero el único fenómeno que provocó tal encierro consistió en una violenta intoxicación tabacosa y aburrido de hacer el ermitaño, me lancé a la calle a buscar la vida.

¿Por qué yo no podía producir y otros sí? ¿Dónde radicaba la misteriosa razón que hacía que un hombre que se expresaba como un imbécil, escribiera como si tuviese talento? ¿En qué consistía la personalidad, cómo se construía la personalidad, si yo conocía individuos sin ella en su vida práctica, pero que en sus páginas dejaban a ras de línea, lingotes de originalidad? Y, sin embargo, eran incapaces de contestar ni con mediana habilidad a una provocativa ingeniosidad mía.

No se me ocultaba que carecía de anhelos específicos, amor, una ilusión, ensueños. No es suficiente querer escribir. El fervor de mi Juventud (ya me sentía viejo) había sido sustituido por un bloque de indiferencia, dura como el granito.

Y sin embargo era joven. Leía hermosos libros. Mi concepto de lo armonioso y de lo bello rebalsaba en teoría muchas veces al que pudieran tener otros que sin necesidad de él creaban obras.

Un día me encontré cara a cara con la soledad del intelecto que ningún hombre normal puede sospechar en un prójimo. Desierto del alma humana, liso y gris. ¿Para qué caminar allí, si en cualquier punto se puede caer y morir o dormir; y el sol está siempre en lo alto y ninguna sombra se mueve en dirección a la vida, porque allí la vida es quietud y el silencio sepulcral?

Pensé en matarme. Un gramo de cualquier veneno resolvía mi problema. Después retrocedí y las cúpulas de los edificios me parecieron más nuevas, y los brotes de geranios en los pobres tiestos, más verdes y jugosos. Pero la verdad es que estaba vacío como una naranja exprimida.

¿Exprimido por quién? No sé. Las únicas iniciativas que partían de mí, se referían a mi persona y no podían interesar a nadie.

Por mucho tiempo abandoné la mesa de trabajo. Vagabundeé y tuve amigos exóticos, orgullosos de que me burlara de ellos, porque admiraban en mí al genio muerto que creían vivo. En distintos parajes descubrí que los hombres son caritativos y bondadosos con los que admiran; y entonces odié y desprecié aún más la bondad y la caridad, porque siempre odiamos y despreciamos a aquellos a quienes les robamos algo... aunque sea un trocito de embobamiento.

Personalidad extraña y femenina la mía.

Detestaba la felicidad de los simples y los ingenuos, y simultáneamente buscaba su compañía, como si ellos, únicamente ellos, pudieran restañar esa profunda úlcera de mi desprecio, vertiendo siempre su pus de egolatría, una podredumbre de veneno-dinamita. Con este crecimiento de la vanidad arreció también mi soberbia, y me Juzgué un intocable. estatua de mármol blanco en la cual era un pecado proyectar una sombra. Volví los ojos a mi Obra, realizada hacía mucho tiempo, y la proclamé perfecta, impecable. A quien quería escucharme le explicaba que solo el respeto a mi creación anterior me impedía producir algo nuevo que no fuera muchas veces superior a ello. Y superar aquello..., era tan difícil superar aquello...

Y la gente se lo creía. Y no se lo creía.

Y digo que no se lo creía, porque alguna vez creí descubrir en un semblante enemigo el escorzo de una sonrisa irónica, como si compadecieran mi presunción; pero tanto cuidaba de mi orgullo, que casi siempre encontraba la forma de convertir en enemigos a aquellos que podían conocerme más penetrantemente de lo que me convenía tolerar.

Luego hallé un pretexto que, sin ser muy serio ni convincente que digamos, me satisfizo durante cierto tiempo.

Cualquier estado de ánimo que pudiera expresar, cualquier trama que imaginara, la habían compuesto anteriormente a mí muchas generaciones de artistas, infinitas veces. Cierto día le confesé estos pensamientos a un amigo mío, cuyo propósito consistía en ejecutar lo que nosotros en nuestra ridícula jerga denominamos una "obra de aliento".

Con imágenes que la inspiración del momento rebuscaba brillantes, le tracé a mi camarada un panorama del mundo del intelecto y de la belleza, creado en el espacio de los siglos por sucesivas etapas de trabajo mental, y terminé mi disertación con estas palabras:

—¿Te parece lógico suponer que nosotros, seres minúsculos, podremos superar lo que ellos tan perfectamente acabaron?

Mi amigo era un poco botarate. No se dio cuenta que trataba de desanimarlo irónicamente. Ingenuamente entusiasmado, me aconsejó que escribiera una especie de "decálogo de la no-acción", y tomado en mi propia trampa, la trampa del necio, como dijo no sé quién, le prometí realizarla. Más aún. Dejándome arrastrar por el espíritu de la falsedad, le contesté que ya había comenzado a redactar el panorama de la obra negativa; y por un momento creí en mi propia mentira, y hasta deliré con ella, porque le describí un comienzo de capítulo que en ese preciso instante se me ocurrió...

Embriagados, él con la estructura de su obra de aliento, y yo con el decálogo de la no-acción pasamos un día hermoso y una noche bellísima. Conversamos hasta la saciedad de lo que realizaríamos, qué procedimientos estéticos utilizaríamos para aturdir de admiración a nuestros prójimos, y al amanecer de otro día nos apartamos hartos de vino y fatigados por los malabarismos derrochados en esa pirotecnia de entusiasmo inútil.

Y nuestro camino no fue hacia la mesa de trabajo, sino en dirección a la cama. Pasado el momento de embriaguez, no me faltaron motivos para pensar seriamente en aquel proyecto.

¿Qué escrúpulo podía impedirme escribir un libro negativo, fabricar algo así como un Eclesiastés para intelectuales sietemesinos demostrándoles con habilidad cuán engañosos resultaban sus esfuerzos frente a la estructura del universo? ¿A quiénes aprovechaban sus esfuerzos estériles? ¿No era preferible vender telas tras de un mostrador o pesar vituallas en una feria, a sacrificarse...? ¿y al final con qué ventajas...? ¿para que un lector desconocido se distrajera algunos minutos en una lectura despreocupada que jamás sospecharía cuántos esfuerzos había costado?

¿Quién más que yo estaba autorizado a escribir esas líneas repletas de angustiosa verdad? No había creado una Obra. No era célebre todavía, para los que aún creían en mí. El final del nuevo libro palpitaba en mi mente.

Asistía al crepúsculo de los mundos. Olas de luego se tragaban costras inmensas de planeta, como una hoguera traga virutas de papel. Las ciudades se resquebrajaban, los granito y los hierros se licuaban semejantes a "maquettes" de cera, al aproximarse la tempestad de fuego; entonces, desde el fondo negro y escarlata de aquella hoguera, surgía el ridículo fantasma de un poeta. Las manos enclenques cruzadas sobre el pecho y el rostro fino engorguerado desaliando las llamas; con voz atiplada entre el tumulto bronco de los elementos, preguntaba:

—¿Y mis libros...? ¿Cómo es que el fuego no respeta mis libros?

Sus libros... ¡uy! El universo se estaba derritiendo en la nada.

Una saliva amarga me llenaba la boca de palabras acres. Era necesario escribir ese libro de desolación frente a la eternidad, que cada corazón florecido en mirtos y con cantos de pájaros en sus oquedades se enfriara en el paisaje de mis palabras atroces; y entonces... yo... ¡quedaría únicamente yo...!

No me faltaron motivos más o menos serios para aplazar el trabajo que me había propuesto llevar a cabo, "indefectiblemente". La noticia llegó a desparramarse; y durante quince días me exhibí en los cafés frecuentados por el hampa de la literatura, afectando aires de hombre contrariado por un extraordinario proyecto.

Algunas revistas de literatura a base de pastaflora y azul de metileno, comentaron la estructura de mi nueva y futura obra, y durante unos diez días disfruté el gozoso placer de ser interrogado por idiotas de todo calibre, interesados en conocer qué profundidades humanas iba a tocar ahora.

Me devoró mi mentira y comencé a trabajar como si perteneciera a un auténtico propósito el llevar a cabo obra semejante.

Mas, ¿hasta qué punto es posible engañarse a sí mismo?

Insensiblemente los ánimos me decayeron, las frases que escribía se atropellaban como abortos de pensamientos, sin ton ni son; la soledad del cuarto me inspiró repulsión, desidia los flamantes libros que comprara para ilustrarme eruditamente sobre la "no-acción", y un día resueltamente acaté los impulsos de mi voluntad, y me confesé que no podía darse nada más estúpido que el trabajar sobre una obra en la cual el primero en no creer era yo.

Sustituí mi programa de labor por otro, más tarde éste por un tercero, hasta que por rebote de inercia en el pensar, volví sobre mis pasos para ensañarme con el abortado plan del "decálogo de la no-acción", que tampoco terminé de bocetar, porque la inspiración se me había enfriado.

Finalmente, mandé todo resueltamente al diablo.

La vida era breve. Más que ridículo resultaba el hombre que consumía su juventud garabateando infames papelotes. Por optimista que se fuera, había que reconocer que con literatura no se reformaría a la humanidad. Y aunque semejantes razones, a pesar de ser verdaderas, no respondían a los más íntimos anhelos de mi fuero interno, ¿qué podía hacer yo? Por fin un día creí interpretar el secreto del reiterado silencio del "fuego sagrado" que llevaba en mí.

Descubrí que me estaba volviendo exigente.

Si yo no producía como ciertos escritorastros designados con el apelativo de conejos o mozos de cuerda de la literatura, era porque me estaba volviendo exigente. Eso. Y la exigencia bien entendida comienza por nuestra propia casa. Nada de producir a la marchanta porque sí; nada de prodigarse, ni de trabajar día y noche y noche y día, ni de infestar los periódicos con la firma. Ello era indigno de un escritor que se respete.

—Amigos —peroraba yo enfáticamente—. Amigos, hay que ser un poco exigentes, conservar el pudor de la firma.

En la época en que pronunciaba esas palabras creo que ni la más recatada doncella tenía tanto pudor de su virginidad como yo de mi firma.

Me cabe el honor de haber fundado en Buenos Aires la lógica de los Exigentes. Comencé a lanzar la petulante frase-cita en las exposiciones de pintura, en las conferencias literarias, en los conciertos y estrenos teatrales.

Cuando me veía rodeado de un círculo de personas de mi conocimiento, empezaba la cantinela:

—Seamos exigentes, compañeros. Si nosotros no salvamos el arte, ¿quién lo salvará?

Convengan ustedes conmigo, tengan la honestidad de convenir que la frasecita encerraba la potencia de un apostolado severo, cierta dignidad de hombre honrado que repudia el esperpento de los eternos preñados de la literatura. Un hombre que a la luz del sol y de las lámparas de doscientas bujías tiene la audacia de proclamar que hay que ser exigente y comienza él por someterse a su principio, no escribiendo ni una sola línea por razones de exigencia, no puede ser un pedante ni un hipócrita.

La tesis prosperó, se convirtió en cátedra. Muchos cretinos comenzaron a respetar mi posición espiritual; incluso numerosas personas que no simpatizaban conmigo, del día a la noche experimentaron hacia mí una extemporánea amistad, estrechándome efusivamente las manos y prometiéndome solidaridad eterna al tiempo que me estimulaban:

—Usted tiene razón. Hay que ser exigente. El que no es exigente consigo mismo, mal puede serlo con los demás.

Y aunque parezca mentira, varios sujetos que preparaban obras maestras suspendieron su ardua labor al grito de:

—¡Abajo los conejos de la literatura!

Fue el año de oro de la literatura parda, la gran época del mulatismo literario. En reducido tiempo me vi rodeado de un séquito de jovencitos irónicos, insolentes e ingeniosos.

Acudían de los rincones más diversos y variados, uno abandonó la caballeriza donde esportillaba mierda y otro el seminario, en el que arrastraba sus pies juanetudos y enormes manos, pálidas y frías. Algunos se motejaban de católicos y otros de ultranacionalistas; pero todos, sin distinción de sexo ni color, zangoloteaban mi frase y convenían en la necesidad perentoria de exterminar al aludido mozo ele cuerda de la literatura que hacía gemir las linotipos e inundaba año tras año el mercado, con dos o tres libros imposibles de leer por lo antigramatical y primitivo de su construcción,

Y aquellos que por no ser exigentes consigo mismos trabajaban del amanecer hasta la noche, temblaron.

A mis camaradas les anuncié que preparaba la Estética del Exigente, a base de un "cocktail" de cubismo, fascismo, marxismo y teología. Varias literatas se alegraron tanto al recibir la noticia, que a consecuencia de ello se les declaró furor uterino.

En pocas semanas popularizamos nuestros principios, los desparramamos por las mesas de café y en los cenáculos, y al cabo de un año descubrimos, de acuerdo a esas leyes de nuestra estética, unos cuantos genios anónimos. Después de darles una jabonada de modernismo y afeitarles lo poco que les quedaba de claridad y lógica, los lanzamos al éxtasis de la multitud.

La multitud, es menester reconocerlo amplia y francamente, no nos interesó nunca. Declaro orgullosamente que siempre desprecié al gran público; pero, como a la chusma hay que civilizarla y nosotros, los dioses, no podíamos permanecer continuamente en la altura so pena de desinflarnos, condescendimos a interesarnos en las masas y darles noticias de nuestros descubrimientos en el mundo de la belleza. Sin embargo el público (la eterna bestia) insistió en no leernos, en ignorar nuestra existencia. Los periódicos donde trabajaban nuestros amigos batían platillos y tambores, y quieras que no, los habitantes de este país agropecuario tuvieron que enterarse de nuestra existencia.

Muchos padres de familia se espantaron al conocer nuestros propósitos, reñidos con la buena costumbre de sus pensamientos, y a pesar de que hicimos fe de celosos católicos, el propio arzobispo nos excomulgó por heréticos y cizañeros, acusándonos de peligrosos para todos los que se tenían por cabales devotos.

Con perdón de la palabra, nos burlamos del arzobispo y organizamos una brigada que defendía el honor y la altisonancia de la literatura, creamos el tipo del "squadrista" y "bastonattore" del fascio artístico.

Nuestra bandera fue seguida y defendida por jovencitos que, a pesar de practicar todas las formas de la pederastia activa y pasiva, boxeaban admirablemente, rompiendo narices que era un contento; y en menos de un año les ajustamos cuentas a muchos genios anónimos y oficiales.

Fantástico del que pretendía oponernos resistencia. El vacío se producía de inmediato en torno de él. Peor no le ocurriera de saberse que estaba leproso.

No llegábamos al extremo de negarle el saludo, pero sí a confederarnos para clavarle banderillas desde todos los ángulos. A veces las banderillas consistían en un articulejo vacuo, tres líneas de referencias sobre un libro recién aparecido del autor, mientras que junto a las tres líneas chirles se destacaba un artículo a dos columnas sobre un autor mejicano, filipino o polar. O el silencio, aquella complicidad del silencio en la que nadie se da por informado de la "cosa", y que el amor propio del autor percibo como una marisma que se le va tragando la vida sin poder luchar contra ella.

Nuestra audacia cobró tales lucros, que un día anunciamos en las páginas de nuestra revista, a todo lo ancho:

De aquí en adelante no discutiremos.

Distribuiremos razonables tandas de puntapiés y bastonazos.

Mas también, ¡qué descubrimientos formidables hicimos en aquella época!

Pusimos en claro, sin que quedara lugar a duda alguna, que los genios oficiales, los talentos consagrados eran camelos de una cobardía ejemplar. Bastaba la amenaza de un brulote, la insinuación de una crítica anticipada para que, a pesar de odiar a nuestra juventud agresiva, nos sonrieran amistosamente cuando nos encontraban y vinieran a nuestro encuentro, dedicándonos los elogios más bajunos y las adulaciones más serviles.

A pesar de que nuestra obra era negativa, revelamos valientemente las bellaquerías de los bandidos de la literatura; demostramos que el novelista se vendía al espadachín, el poeta al ensayista, constituyendo todos una cáfila de espantosos truhanes; que adulaban sin medida a los políticos, a los espadones, canjeando sus escrupulosas lacayunerías por electivos premios que provocaban la risa de los espectadores marginales. ¡Qué vida, Dios mío, qué vida!

Allí se me terminaron las pocas ilusiones que aún me restaban sobre la dignidad humana. La técnica no tenía nada que ver con el hombre. Aquel que escribía una hermosa estrofa era las más de las veces una letrina ambulante.

Esta desilusión se nos contagió a todos, y un día nos separamos. Nuestra cohesión social resistió todo lo que las soldaduras del fracaso pueden ligar.

Al final, ya nos fatigamos de castigar en el vacío. Unos estábamos hartos de otros, incluso un poquitín avergonzados de las pequeñas canallerías que cometimos valiéndonos de la impunidad que concede la asociación de tuerza. El hombre termina por cansarse hasta de escupir a la cara a sus prójimos. Menester es convenir que lo insultamos con cierta buena intención, pero no es posible ser generoso eternamente. y nos desperdigamos. Habían pasado dos años, quizá más.

Reconocí asustado que. salvo un escándalo transitorio, no había producido nada. Estaba girando en descubierto, es decir, sobre lo que prometía mi brillante juventud. No quise darme por vencido y escribí algunas menudencias, menos por amor de crearlas que por justificar la estabilidad de mi reputación, zarandeada por las malas lenguas. Tal fue la inmediata excusa que me di. aunque no puedo negar que mi vanidad en su primer impulso calificó a semejantes bagatelas de geniales.

Supongo (dejo sentado) que yo no era un conejo ni mucho menos, para infestar los periódicos o los puestos de libros con mi firma. Muy buenos y penosos esfuerzos me costaron los tales articulejos.

Comprobé que a mis compañeros no les alarmaban las muestras de inteligencia que exhibía. Por el contrario, me aplaudían exageradamente y se acercaban sonriéndome

con amabilidad espontánea, sincera. Evidentemente...
yo no constituía un peligro.

La sorpresa no fue agradable ni mucho menos.

Me había hecho la ilusión de que mi realización
artística provocaría resistencias, críticas acerbas; me
imaginaba escuchando a mis camaradas hablar mal de
mi, como acostumbramos entre nosotros siempre que
alguien tiene el mal gusto de singularizarse, pero me
equivoqué de medio a medio. Me tributaron elogios, más
elogios. Tuve la dignidad de recibir a través de sus elogios
la noticia de mi fracaso. La historia se repetía.

Ellos me festejaban, como yo había aplaudido en
otros tiempos a ciertos inútiles que no ofrecían ningún
margen de rivalidad posible.

Cuando a la noche entré a mi cuarto, se me encogió
el corazón. Hacía mucho tiempo que estaba triste, pero la
última vez al examinar la soledad de mi albergue, el
mortecino esmalte de los muebles, los colgantes de cristal
de la pantalla, mi lecho frío con su artesonado de hojas
azules sobre el fondo de oro cuando paseé la mirada sobre
los paisajes que ornamentaban los muros, sombras de
rascacielos sobre torres babilónicas, árboles curvados en
lejanías de caminos violetas y amarillos, ríos de cobre
surcando prados verdes y llanuras sonrosadas, no pude
contenerme y lloré mi pena. ¿Por qué no podía escribir?
¿Cómo se había desarticulado el mecanismo de mi voluntad,
de mi genio? ¿O es que nunca había tenido voluntad y mi
genio no consistía en otra cosa que un poco de entusiasmo

de algunos de mis prójimos exagerados en la apreciación de mis condiciones intelectuales? Y si era así... entonces mi Obra... ¿Qué era mi obra...? ¿Existía o no pasaba de ser una ficción colonial, una de esas pobres realizaciones que la inmensa sandez del terruño endiosa a falta de algo mejor?

Yo dudaba. Dudaba de mí... pero los otros... había bestias que no dudaban de sí mismos. Escribían de sol a sol, ciegos, sordos, pujantes como toros. Y yo no alcanzaba a ser ni una orquídea... el mismo invernáculo me mataba. ¿Qué era entonces? ¿Hacia qué dirección del horizonte mirar?

Momentos hubo en que anhelé que todos los escritores de la tierra tuvieran una sola cabeza. Qué magnífico entonces destrozar esa única cabeza a martillazos, abrir una fosa en cualquier desierto, sepultar bien profundamente el amasijo humano y exclamar a voz en cuello:

—¡La literatura no existe. La maté para siempre!

El tiempo pasaba.

Mi impotencia trazaba un círculo de brasas en cuyo interior me revolvía como un escorpión.

¿Qué tenía adentro de la cabeza?

¡Cuánto he cavilado para asombrar a mis prójimos, buscando una fuente de la cual extraer recursos que si no podían hermosear la vida a los hombres, al menos pudieran amargársela!

Yo no soy un tipo psicológico para vivir en silenciosa mediocridad. El genio, la belleza, el arte, constituyen para mí un disfraz destinado a encubrir las reducidas dimensiones de mi inteligencia, que a su vez se apoya sobre la estructura de una vanidad inconmensurable.

Acaso la tragedia de la vida no se reduce a aquella obra de arte que un día les prometí a mis semejantes, y que no construí nunca.

En un feliz momento de mi existencia, anuncié de mí mismo creaciones demasiado vastas. Surgían fáciles como las columnas de humo de los bosques de chimeneas. A aquel que me quería escuchar le conversaba de mis personajes movientes en sus cavernas de mármol, y el calor de la palabra añadía a la idea una temperatura de la cual ésta, intrínsecamente, carecía.

Y no poder cancelar el compromiso contraído me emponzoñaba los días.

Así como el demente extrae de su locura los elementos que le hunden en el desconcierto de su propia vida, así yo extraía de mí imaginación el veneno que me amarillaba los ojos.

No podía resignarme a ser una anónima partícula silenciosa, que en la noche se sumerge en el sueño colectivo, mientras otros hombres trabajaban dichosos su hermosura a la luz de un infecto candil.

Deseaba ser una voz en el corazón de ese silencio. Una voz nítida, perfecta. Perfecta no, la más perfecta.

¡Cuántas palabras inútiles y tristes! ¡Cómo se encoge el alma frente a la miseria de la propia vida! ¡Qué pobre es la palabra, qué pobre para expresar la angustia de adentro, lo baldío y tibio de la entraña que se traduce en pensamientos que si por acaso tienen forma, nada tienen que ver con ella!

Ya ven, no soy humanamente nada. Esa certidumbre me causa un desconsuelo profundo. Sé que no soy nada pero no puedo resignarme a la evidencia. Y entonces me digo: "Es necesario que hable, que hable aunque todos los que me escuchen sientan deseos de crucificarme o escupirme la cara. ¿Qué me importaría en ciertos momentos que me crucificaran? Hace tanto tiempo que estoy triste, que comprendo que aunque me quedara ciego llorando mi desventura, mi desventura no se reduciría un adarme; necesitaría los años de otra vida para llorar mi existencia despedazada". Y esta realidad se escondía bajo el pecho del hombre que amaba los dioses y se creía un prójimo de ellos. En el lugar de un corazón jugoso quedó una fruta amarilla, más ácida que un membrillo.

Lo evidente es que ya no despertaba interés en nadie. Me recibían afectuosamente donde me presentaba, mas me recibían con esa cordialidad que se regala a los cadáveres vivientes. Yo no suscitaba aquel cuchicheo encuriosado, esas torsiones de cabeza, aquellos "¡ah!" sofocados, esas miradas clavadas insistentemente, que otros artistas de verdad provocan con su presencia, aunque se la considera odiosa e inoportuna.

Yo también hubiera querido ser odioso a alguien. Escribir páginas malditas, que los otros leen recatándose de sus prójimos, porque creen ver en ellas una alusión a su fisonomía espiritual, y luego rabiosos, indignados o asqueados, las arrojan al canasto, fingiendo ante el autor que jamás las han leído.

Frente a mí, el vacío, la tolerancia o la simpatía.

Me convertí en crítico literario. Un fin lógico por otra parte.

Ataqué cruelmente, justamente, deliberadamente.

Mi sensibilidad exasperada por el fracaso, sintonizaba las fallas del arte ajeno con una aguda hiperestesia de radiogoniómetro. Allí donde los otros ojos veían una curva yo localizaba el vértice de un ángulo. Nada conseguía agradarme. Como un vidrio sucio, empobrecía la claridad más radiante.

Y si fuera mi única anomalía...

Apareció en mi el alma del inquisidor.

Gozaba el libro que iba a despedazar, muchos días antes de sentarme al escritorio.

Recuerdo que tomándolo entre las manos lo palpaba con suavidad feroz, leíalo despacio y por trocitos, con el sobresalto de quien comete un crimen lento y teme que haya alguien espiándole; y nada resultaba más agradable en mis oídos que el escuchar el chasquido de mi propia risita seca, cuando imaginaba la habilidad con que iba a destrozar esa fábrica de palabras. Me restregaba nerviosamente las manos al tiempo que pensaba en el autor; y le decía desde el recoveco más profundo de mis malas intenciones:

—Trabajaste, canalla. Quisiste ser célebre. Bueno, ahora tendrás tu merecido.

No me faltaban razones muchas veces para ser acre y justo, pero la justicia en un temperamento como el mío, es casi siempre un pretexto para dar salida a los apetitos más ruines y a los instintos más bajos.

¡Qué no habré dicho en nombre de la literatura!

Me convertí en una especie de alcahuete de la república de las letras; para sancionar los despropósitos de mis exigencias y las del grupo al cual pertenecía, empleé palabras difíciles e inventé teorías estrafalarias.

Ensalcé a perfectas bestias apocalípticas, regodeándome con el sufrimiento que les proporcionaría a escritores en torno de los cuales, por envidia, se hacía el silencio.

Me divertí fabulosamente redactando columnas y más columnas de elogio en honor de libros chatos y chirles. Era necesario sembrar la confusión, embarullar el entendimiento de los lectores, y juro que más de un genio de buhardilla ha rechinado los dientes frente a los impresos testimonios de mi iniquidad e injusticia.

Histérico como un pederasta, manoseé y critiqué con dureza a hombres que hubieran debido merecer todo mi respeto, si soy capaz de respetar algo.

Esperaba que alguno de ellos me enviaría los padrinos, saboreando un escándalo en perspectiva..., pero ignoro si los agredidos eran perspicaces o cobardes...; el caso es que mi juego endiablado no recibió jamás respuesta.

Con poca suerte en crítica negativa y positiva, derivé hacia el sector de la crítica neutra, perfectamente objetiva y que se me ocurre podría denominarse, con un poco de sentido común, posición del que le busca cinco pies al gato.

Con talante grave y estilo engolado diserté sobre lo que juzgaba conveniente e inconveniente en la hora actual, para la Belleza y aledaños.

Tomaba una obra y en vez de referirme a ella y a su substancia, con la pillería de un hombre ducho en el ring de la literatura, hacía juego de cuerdas y fraseos de estética parda. Así llenaba espacio impacientando al autor, que veía que no iba al grano. Unas veces estaba en las raíces y otras en las ramas; si era indispensable me remontaba a los Vedas, al Kalevala, a Buda o Zoroastro; si era indispensable citaba a Aristóteles, a Bacon, a Gracián, a Benedetto Croce o a Spengler, a la Mónita Secreta o al Manifiesto Comunista..., para el caso daba lo mismo, pues de lo que se trataba era de llenar espacio y demostrar conocimiento y no las habilidades del otro, de manera que llegaba al fin del artículo sin que el público, ni el autor, ni el mismísimo Satanás pudieran saber que diablos era lo que yo opinaba del libro.

Los autores siguieron escribiendo.

No constituía peligro, y entonces abandoné la crítica convencido de que la idiotez es incurable. La clasificación de hacerse no exigía una inteligencia del otro mundo ni nada parecido.

En un plano se encontraban los papanatas profundos, en el otro los inteligentes. Éstos, más vanidosos que "cocottes" no admitían que se les enmendara una coma o señalara una mota. Intransigentes y déspotas, pretendían monopolizar la perfección. Histéricos como señoritas, consideraban cada reparo una ofensa mortal a sus fueros de genios. Públicamente se cuidaban muy bien de exteriorizar su cólera, pero por dentro los devoraba el furor.

Me harté de esta canalla y abandoné la crítica literaria.

Cuando traté de localizar el paraje espiritual en que me había situado, me encontré sumado a una multitud de pequeños fracasados.

La enfermedad, la pobreza, el crimen, el odio, la envidia, cada matiz de la desdicha, del vicio o del pecado, cristalizan involuntariamente en una francmasonería, con clave o hermandad.

Estas tribus derrotadas socialmente se rigen por leyes especiales o, en nuestra esfera de influencia, al novato que llegue se le perdonan sus éxitos antiguos en gracia de su fracaso presente. Vaya lo uno por lo otro. Personalmente el individuo ha muerto como promesa, de acuerdo, pero en cambio, inequívocamente, resucita como fracasado. Y al resucitar como fracasado, tiene derecho al pan y a la sal que en el desierto de la literatura se le ofrece al viajero perdido. Es la hospitalidad brindada al hombre que pudo ser y no es. al desdichado sediento de un poco de solidaridad humana, imposible de encontrar allá, en aquellas alturas territoriales, donde los luchadores se muestran continuamente los dientes y las garras, gruñendo como tigres en celo: esto es mío y lo otro también.

Me hice, o mejor, el destino me hizo amigo de hombres que en otra época había despreciado profundamente. Estos hombres eran, como yo, artistas de tono menor, vanidosos inconcebibles, mentecatos que de haber vivido Honorato de Balzac le hubieran reprochado como un crimen imperdonable una coma traspuesta o un adjetivo mal utilizado. Dicha gente a la que había despreciado (y ellos lo sabían), en cuanto me identificaron comenzaron a reaplaudirme lo que produje en otros tiempos, y durante un período esa pleitesía respetuosa tributada a mi ex personalidad me enorgulleció como si lo mencionado fuera reciente y no muy antiguo. Entonces reparé en que los había desdeñado inútilmente. Me diferenciaba muy poco o nada de ellos. Era su prójimo.

Si se reunían y constituían grupos armoniosos de fracasados, debíase a que la soledad les resultaba insoportable. Por otra parte, no tenían nada que hacer. Mis consideraciones acerca de sus personalidades resultan inútiles y estúpidas. Estos escritores que yo llamaba fracasados, eran excelentes personas, solidarios, capaces de hacer no un favor a sus prójimos sino muchos. Dedicados al arte a la edad en que hasta los notarios hablan de la luna, autores de uno o dos libros de poemas bien intencionados y morales, en nombre de aquella transitoria veleidad de sus veinte años, ha mucho tiempo transcurridos, continuaban tildándose con asombroso optimismo de escritores y poetas. No había uno de ellos que no mantuviera encarpetada una obra maestra, que quien sabe cuándo se resolvería a publicar y terminar, porque los tiempos no estaban para arte puro.

Resulta entonces comprensible que estos sujetos no se afanaran por nada, y prefirieran al trabajo horrible de escribir y pulir, aquel otro más fácil de prodigarse jarabe de pico, o en su defecto ir todos los días a una determinada hora a refugiarse en sótanos llamados, ignoro por qué motivo, "agrupaciones de arte".

En estos sótanos se refugiaban las tribus de pintores, escultores, poetas y literatos, y gente llegada recientemente de las ciudades del interior, que anhelaba ilustrarse y conocer de cerca el rostro del bicharraco llamado artista.

Allí se exhibían, recientemente pintados, cuadros futuristas hace quince años pasados de moda en París o Berlín y que hacían ahogarse de risa a los tenderos sensatos, o acuarelas impresionistas que para mejor impresionar al espectador presentaban un donoso bulto sobre la braqueta.

Allí se bebía cerveza con cocaína, allí se daban de cachetadas los literatos; y las escritoras, para afirmar su independencia se arrojaban a la cara injurias de verduleras. Otras, para "epatar" a las pobres señoras conducidas allí por sus esposos "para conocer la literatura", gritaban a voz en cuello que ellas preferían acostarse con mujeres a hacerlo con hombres. Había momentos en que uno pensaba que con o sin razón debía encontrarse en las proximidades de una sucursal de la Salpétriére, o en el vestíbulo de Vieytes. Claro que, de escarbarse en el alma de estos haraganes y de aquellas feministas, se hubiera tocado un fondo de sublimado corrosivo... pero yo estaba loco... pretendía alternar con un mundo donde se anotara un porcentaje de cincuenta genios por cada cien sentidos comunes. Como si ser genio sirviera para algo.

Estábamos viviendo en el siglo de la máquina. La máquina había encadenado al hombre a su funcionamiento imperioso. Todo lo que se apartaba de la máquina era superfluo. ¿Qué podía significar una poesía junto a un motor en marcha o a una usina en plena producción? ¿Aliviaba un poema el aniquilamiento moral y físico de millares y millares de proletarios uncidos a la esclavitud del salario? No. ¿Entonces para qué servía un poema?

Cuando llegaba a esta altura del razonamiento, me decía:

—Todas las edades de la tierra han producido un escritor que ha superado a su clase y, de consiguiente, ningún oído ha podido dejar de escucharle.

Al enunciar este pensamiento no me daba cuenta que mi razonamiento era producto de un espejismo, que los escritores llamados universales no han sido nunca universales, sino escritores de determinada clase, la más escogida, entendidos y ensalzados por la cultura de esa clase, admirados y endiosados por las satisfacciones que eran capaces de agregarles a los refinamientos que de por sí atesoraba la clase como un bien excelentemente adquirido.

Los de abajo, la masa opaca, elástica y terrible que a través de todas las edades vivía forcejeando en la terrible lucha de clases, no existía para esos genios. Y nosotros, escritores democráticos, raídos por cien mil convencionalismos en todas las direcciones, éramos totalmente incapaces de escribir nada que removiera la conciencia social empotrada en un tedioso "dejad estar".

Como otros de mis compañeros, me quise acercar a la clase trabajadora. No negaré que se me ocurrió que al asumir semejante actitud, yo le hacía al proletariado un extraordinario favor. ¿Quiénes sino nosotros (según decíamos) podían orientar a la clase obrera hacia la resolución de sus problemas? ¿No constituíamos algo así como la sal de la tierra proletaria?

A las primeras de cambio algunos obreros fantásticamente instruidos, ayudados por su terrible dialéctica marxista (que aún no la entiendo claramente por ser tan complicada) trituraron nuestros conceptos y mi literatura, y sin pelos en la lengua nos tildaron de ignorantes, vanidosos y oportunistas y chiflados. Por si acaso lo que pensaban de nuestro gremio no resultaba claro, me dieron a entender que el mayor placer que ellos podían experimentar algún día era mandar a todos los vagos de mi catadura a cortar leña en los bosques o. cargar bolsas de maíz y trigo en las colonias colectivas.

Trágico destino el nuestro. Primero excomulgados por el arzobispo, después anatematizados por el proletariado.

Durante algunos meses odié ardientemente al sucio proletariado y a su espantosa dialéctica. Lamenté que en el país no se hubiera implantado el régimen fascista.

Allí estaba nuestro lugar. ¿Quiénes sino nosotros podíamos preconizar una sólida expansión nacionalista y poner nuestra pluma al servicio de la patria y la bandera?

Un día reparé en que pensaba tonterías. Nosotros los literatos estábamos mal en todas partes. Incluso para ser lacayos de alguien y lustrabotas de todos se necesitaba cierto talento natural que en el clima de estas latitudes no prospera con la jugosidad necesaria.

Dormí una siesta de siete meses, y despaciosamente mi personalidad adquirió la clásica elasticidad del indiferente.

Y así como aquel que recuerda tiempos de bienestar no puede sustraerse al orgullo que le causa la comodidad perdida y gozada, y en esta evocación se remoza su soberbia y acrecientan sus pretensiones, conformando a su estado de conciencia la actitud que presentará ante extraños, yo como otros se pintan el cabello teñí mi fracaso. Le otorgué cédula de elegante.

Mi elegancia consistía en no enterarme de nada.

"¿Fulano escribió una novela? ¡Qué pena! Carecí del tiempo para leerla". "¿Mengano se lució en un concierto? ¡Qué desgracia! Viajaba por el campo el día que debutó". "¿Zutano había organizado una exposición de cuadros? Mejor para él, aunque yo no lo supe a tiempo para visitarla".

Era el hombre que no se entera de nada, ni siquiera de la guerra chino-japonesa.

Lo grave es que sujetos parecidos a mí en no enterarse nunca de nada abundan en tal orden de actividades. Cuando varios tipos por este estilo nos reuníamos, encontrar un tema de conversación constituía un problema, y un ¡oh! y un ¡ah! de nunca acabar, eslabonaba la sorpresa que mutuamente nos producían sucesos de los que no "sabíamos" una palabra.

De lo que no dejábamos de enteramos, tronara o lloviera, enfermos o viajando, era de los brulotes endosados a un compañero por cualquier criticastruelo.

La noticia circulaba como un rayo redondo, le faltaba tiempo a un prójimo para comunicarle la noticia a otro entre una sonrisa regocijada de complacencia, que decía:

—¿Viste el brulote que le metieron a Fulano? Cuanto más injusta o malintencionada la crítica, más festivamente recibida.

Sabíamos que el placer que experimentaba el autor al publicar un libro se lo abollaba la crítica, y cuando se comentaba el brulote, no era por el brulote en sí, sino por el placer que derivaba de saber que había un compañero sufriendo en su vanidad o en su orgullo.

Un goce infernal nos henchía el alma. Al alcanzar el regocijo su máximum de altura, por un resto de pudor (pues ¡qué diablos!, al fin éramos civilizados) hacíamos, a fin de disculparnos ante nosotros mismos, consideraciones equitativas acerca de la inteligencia del compañero, y entonces pujábamos para ver quién picaba más alto en la justipreciación de los valores intelectuales del bruloteado, y hasta resultaba un placer concederle patente de genio, naturalmente, entre nosotros y la más rigurosa intimidad y discreción...

Estoy seguro que nadie se atreverá a negar que son sumamente curiosos los agrios caminos del fracaso.

Pero a la postre me aburrí del papel de impasible, y tiré la careta de la imperturbabilidad.

¡A la basura el dandysmo y los impotentes! Yo era un hombre de carne y hueso, admirador del talento allí donde se encontrara, incluso si estaba tirado entre excrementos, y no puedo afirmar que me costó mucho trabajo convertirme en protector de genios nonatos, en manager de inteligencias crepusculares y entrenador de talentos a la violeta.

Descubrí a dos o tres brutos maravillosos, los patrociné, les busqué y encontré periódicos donde pudieran colaborar, escandalicé por ellos a un montón de gente honesta y bien nacida, sostuve grescas con mis amigos... llegué al extremo de aconsejarle a uno de mis protegidos que se bañara aunque fuera una vez a la semana porque olía muy mal.... pero estos genios en cuanto criaron puntas de alas en las albardas se pusieron insoportables de vanidosos, y volaron como si mi presencia les resultara insultante.

Me desilusioné de los hombres quedándome otra vez completamente solo. Intenté por centésima vez en mi vida, trabajar, crear algo hernioso, permanente. Quería perturbar el alma de los seres humanos, hacerles sentirse mejores o peores, pero mi esfuerzo se evaporó en el vacío.

Me senté durante horas y horas ante páginas de papel en blanco, imaginé que por virtud de un pacto con un demonio tutelar era capaz de escribir algo semejante a la Divina Comedia, y cuando mi pequeña y dorada alegría alcanzaba el límite donde yo suponía comienza la franja de la inspiración, escribía, redactaba dos o tres líneas, para terminar luego dejando apoyada con desaliento la lapicera en el cenicero.

Me convencí que de día era imposible trabajar y obtener los beneficios de la inspiración y recurrí a los favores de la noche.

Reparé que mi cuarto abundaba de libros, bonitos cuadros, escogidas comodidades, y no sé por qué se me ocurrió que la inspiración para manifestarse necesita de la monástica soledad de una celda, el silencio conventual de una cartuja perdida entre montañas, y entonces hice sustituir los vidrios de las ventanas por "vitraux" representando un paisaje feudal, y sustituí mi cómodo sillón norteamericano por un rígido banquillo colonial, el escritorio por una severa mesa antigua, y las lámparas eléctricas por un candelabro de hierro forjado, y encendí la vela.

Pero ni el candelabro, ni la mesa, ni la vela, me concedieron la inspiración que necesitaba, y sí el banquillo colonial recrudeció unas almorranas que padecía, tolerables en el amohadillado del sillón norteamericano.

Desterré a la edad media de mi casa y me dediqué a correr aventuras amorosas. Posiblemente la Inspiración se encontraba entre los brazos de una mujer, pero de entre los brazos de pelanduscas fáciles y burguesitas expertas en dormir en un cuartel sin perder la virginidad, salí erizado como un gato a quien le arrojan un cubo de agua, y resolví cambiar de ruta.

Posiblemente estaba atacado de surmenage, y como un campeón que aspiraba a detentar un certamen atlético, me entregué e pleno a la gimnasia sueca, al box, a los deportes.

Sudé como un hombreador de bolsas en las canchas de pelota, y más de una vez bajé de un ring con los ojos hinchados… pero la inspiración no venía.

Finalmente llegué a convencerme:

No tenía nada que decir. El mundo de mis emociones era pequeño. Allí radicaba la verdad. Mi espíritu no se relacionaba con los intereses y problemas de la humanidad, ni con la vida de los hombres que me rodeaban, sino con algunas ambiciones personales, carentes de valor.

Mi misma disconformidad con el medio en que actuaba, era simulada. Siendo sincero, cínicamente sincero, la sociedad en que me desplazaba me parecía muy bien estructurada para satisfacer materialmente las necesidades de mi egoísmo. Cuando el arzobispo me excomulgó, posiblemente tenía razón, porque su religión se me daba un pepino. Cuando me acerqué a los obreros, mi impulso fue artificial, era un gesto, y yo no puedo afirmar honestamente que se me importe algo que los obreros estén bien o estén mal. ¡Allá ellos y sus problemas! Les estoy profundamente agradecido de que me hayan rechazado, por que si no, vaya a saber cómo, por un impulso de vanidad estúpida me hubiera complicado la existencia.

Soy un burgués egoísta. Lo reconozco. De allí que nada alcanza a indignarme seriamente. Ni lo bueno ni lo malo. Tampoco experimento un ardiente afán de deslumbrar a mis prójimos. Si he dicho en alguna parte que sufría cuando no podía escribir, es mentira. Me he apartado de la verdad para adornar mi personalidad con un atributo que pudiera tornarla interesante.

Mi vanidad me ha molestado durante cierto tiempo. No lo negaré. Pero también mi vanidad se satisfacía comprobando que la insuficiencia mental de los otros hombres, incluso los que triunfaban, era mucho mayor que la mía.

Actos buenos o malos los he ejecutado para distraerme cinco minutos. Mis sentimientos vibran tan escasamente, que no puedo odiar ni amar a nadie, sino en el espacio de un tiempo muy breve. Luego amanece en mí una indulgencia irónica, burlona.

Quiero desnudarme por completo.

Me siento dichoso de ser así, estéril, medido, seco, amable. Tengo el orgullo de pensar que en mi personalidad se puede estrellar el infinito, sin dejar fijada ni una sola de sus partículas de inmensidad.

A veces una ráfaga de rabia me enturbia las pupilas, luego me encojo de hombros. Sustituyo el odio con la antipatía, y la antipatía con la indiferencia.

Tanto es así, que he reemplazado mi indiferencia de no enterarme de nada por aquella indiferencia un poquito más sutil, política e irónica de elogiarlo todo. Lo bueno y lo malo.

No dejan de aproximárseme malvados, que aspiran a regocijarse en el espectáculo de mi fracaso, y desean aquilatar hasta qué grado me encuentro amargado. Para buscarme la lengua hablan despectivamente de otros que trabajan infatigables. Mas yo los desconcierto diciendo:

—¡Cómo! ¿Fulano te parece un mal artista? Estás equivocado, querido. Es de los buenos, y de verdad...

Desafío a que haya alguien que sepa sacar mejor partido que yo de las intenciones abortadas, de los ensayos manidos y de las cegueras y cojeras de sus prójimos.

Observo entonces, con placer, que aquellos que me suponían agriado se retiran consternados, sin saber cómo clasificarme.

Y así pasan los años. De mi ineptitud se desprende una filosofía implacable, serena, destructiva:

—¿Para qué afanarse en estériles luchas, si al final del camino se encuentra como todo premio un sepulcro profundo y una nada infinita?

Y yo sé que tengo razón.

EL GATO COCIDO

Me acuerdo.

La vieja Pepa Mondelli vivía en el pueblo Las Perdices. Era tía de mis cuñados, los hijos de Alfonso Mondelli, el terrible don Alfonso, que azotaba a su mujer, María Palombi, en el salón de su negocio de ramos generales. Reventó, no puede decirse otra cosa, cierta noche, en un altillo del caserón atestado de mercaderías, mientras en Italia la Palombi gastaba entre los sacamuelas de Terra Bossa, el dinero que don Alfonso enviaba para costear los estudios de los hijos.

Los siete Mondelli eran ahora oscuros, egoístas y enteles, a semejanza del muerto. Se contaba de este que una vez, frente a la estación del ferrocarril, con el mango del látigo le saltó, a golpes, los ojos a un caballo que no podía arrancar de los baches el carro demasiado cargado.

De María Palombi llevaban en la sangre su sensualidad precipitada, y en los nervios el repentino encogimiento, que hace más calculadora a la ferocidad en el momento del peligro. Lo demostraron más tarde.

Ya la María Palombi había hecho morir de miedo, y a fuerza de penurias, a su padre en un granero. Y los hijos de la tía Pepa fueron una noche al cementerio, violaron el rústico panteón, y le robaron al muerto su chaleco. En el chaleco había un reloj de oro.

Yo viví un tiempo entre esta gente. Todos sus gestos transparentaban brutalidad, a pesar de ser suaves. Jamás vi pupilas grises tan inmóviles y muertas. Tenían el labio inferior ligeramente colgante, y cuando sonreían, sus rostros adquirían una expresión de sufrimiento que se diría exasperada por cierta convulsión interior, circulaban como fantasmas entre ellos.

Me acuerdo.

Entonces yo había perdido mucho dinero.

Merodeaba por las calles de tierra del pueblo rojo, sin saber qué destino darle a mi vida. Una lluvia de polvo amarillo me envolvía en sus torbellinos, el sol centelleaba terriblemente en lo alto, y en la huella del camino torcido oía rechinar las enormes ruedas de un carro cargado de muchas grandes bolsas de maíz.

Me refugiaba en la farmacia de Egidio Palombi.

En el laboratorio, encalado, Egidio trituraba sales en un mortero o, con una espátula en un mármol, frotaba un compuesto. En tanto que yo me preparaba un refresco con ácido cítrico y jarabe, Egidio decía, sonriendo tristemente:

—Esta receta me cuesta ocho centavos, y se la cobraré dos pesos y sesenta y cinco.

Y sonreía, tristemente. O, anochecido, abría la caja de hierro que en otros tiempos perteneció a don Alfonso, sacaba el dinero, producto de la venta del día, y lo alineaba encima del tapete verde del escritorio.

Primero los amarillentos billetes de cien pesos, después los de cincuenta, a continuación los de diez, cinco y uno. Sumaba, y decía:

—Hoy gané ciento treinta y cuatro pesos. Ayer gané ciento ochenta y nueve pesos.

Y sus grandes ojos grises se detenían en mi rostro con fijeza intolerable. Con un anonadamiento invencible me inmovilizaba su crueldad. Y él repetía, porque comprendía mi angustia, repetía, con una expresión de sufrimiento dibujado en el semblante por una sonrisa:

—Ciento treinta y cuatro pesos, ciento ochenta y nueve pesos.

Y lo decía porque sabía que ya había perdido mi fortuna. Y ese conocimiento le hacía más enorme y dulce su dinero, y necesitaba verme pálido de odio frente a su dinero para gozarse más sabrosamente en él.

Y yo me preguntaba: —¿De quién le viene esta ferocidad?

En un automóvil de seis cilindros me llevaba a casa de su tía Pepa, la hermana de su padre. Allí comía, para no gastar en el hotel, y la vieja, recordando el egoísmo de su difunto hermano, se regocijaba en esta virtud del sobrino.

Cuando yo llegaba, la tía Pepa me hacía recorrer su caserón, abría los armarios y me mostraba rollos de telas, bultos de frazadas y joyas que ella regalaría a sus futuras nueras y conducíame a la huerta, donde recogía ensalada para el almuerzo o me mostraba las habitaciones desocupadas y la sólida reja de las ventanas.

Si no, hablaba, interrumpiéndose, tomándome de un brazo y clavando en mí sus implacables ojos grises, más grises aún en el arco de los párpados. Y a espaldas del sobrino, me contaba de su hermano muerto, de su hermano que yo comprendía había robado en todas las horas de su vida, para dejar un millón de pesos a los hijos de María Palombi.

La vieja vociferaba:

—Y esa perra tiró todo a la calle.

Cuando nombraba a su cuñada, la tía Pepa masticaba su odio como una carne pulposa, y exaltándose, contábame tantas cosas horribles, que yo terminaba por sentir cómo su odio entrábase a tonificar mi rencor, y ambos nos deteníamos, estremecidos de un coraje que se hacía insoportable en el latido de las venas.

Y yo me preguntaba:

—¿De dónde les viene a esa gente un alma tan sucia? Y a veces creía en la herencia trasegada de la María Palombi y otras en la continuidad del terrible don Alfonso Mondelli. Después comprendí que ambos se complementaban.

Esta historia explicará el alma de los Mondelli, el egoísmo y la crueldad de los Mondelli, y su sonrisa, que les daba expresión de sufrimiento, y su belfo colgante como el de los idiotas.

Y esta historia me la contó, riéndose, el hijo de la tía Pepa, aquel que fue una noche al cementerio a robarle el chaleco al padre de María Palombi.

La tía Pepa tenía gallinas en el fondo de la casa, y junto al brasero, siempre acurrucado a su lado, un hermoso gato negro.

Cuando una de las gallinas se «enculecó», la tía Pepa consiguiose una docena de «verdaderos» huevos catalanes.

Más tarde nacieron once pollitos, que iban de un lado a otro por el patio de tierra, bajo la implacable mirada de la vieja.

Vigilándoles, el gato negro se regodeaba, enarcando el lomo y convirtiendo sus pupilas redondas en oblicuas rayas de oro macizo.

Una mañana devoró un pollo, y estropeó a otro de un zarpazo.

Cuando la tía Pepa recogió del suelo la gallinita muerta, el gato, soleándose en la cresta del muro, malhumorado, la espiaba con el vértice de sus ojos.

Doña Pepa no gritó. Súbitamente amontonó en ella tanta ira, que, desesperada, fue a sentarse junto al brasero.

Al mediodía el gato entró al comedor. Se deslizó prudentemente, atisbando el ojo gris de la patrona, y deteniéndose a los pies de la mesa, maulló dolorosamente.

La tía Pepa le arrojó un pedazo de carne asada.

Después que los muchachos salieron, la vieja tomó una lata vacía, en cuya tapa circular hizo varios agujeros, y la llenó hasta la mitad de agua.

Preparó también cierto alambre, de esos que se utilizan para atar los fardos de pasto, y llamó al gato con voz meliflua. Este se deslizó como a mediodía, prudente, desconfiado. La tía Pepa insistía, llamándole despacio, golpeándose un muslo con la palma de la mano.

El gato maulló, quejándose de un desvío, luego, acercose, y frotó su pelaje en la saya de la vieja.

Bruscamente, lo metió en el tacho, con los alambres ató la tapa, echó más carbón en el brasero, colocó la lata encima, y tomando la pantalla, suavemente, movió el aire para avivar el fuego.

Y sentada allí, la tía Pepa pasó la tarde escuchando los gritos del gato que se cocía vivo.

EL JOROBADITO

Los diversos y exagerados rumores desparramados con motivo de la conducta que observé en compañía de Rigoletto, el jorobadito, en la casa de la señora X, apartaron en su tiempo a mucha gente de mi lado.

Sin embargo, mis singularidades no me acarrearon mayores desventuras, de no perfeccionarlas estrangulando a Rigoletto.

Retorcerle el pescuezo al jorobadito ha sido de mi parte un acto más ruinoso e imprudente para mis intereses, que atentar contra la existencia de un benefactor de la humanidad.

Se ha echado sobre mí la policía, los jueces y los periódicos. Y esta es la hora en que aún me pregunto (considerando los rigores de la justicia), si Rigoletto no estaba llamado a ser un capitán de hombres, un genio, o un filántropo. De otra forma no se explican las crueldades de la ley para vengar los fueros de un insigne piojoso, al cual, para pagarle de su insolencia, resultaran insuficientes todos los puntapiés que pudieran suministrarle en el trasero, una brigada de personas bien nacidas.

No se me oculta que sucesos peores ocurren sobre el planeta, pero esta no es una razón para que yo deje de mirar con angustia las leprosas paredes del calabozo donde estoy alojado a espera de un destino peor.

Pero estaba escrito que de un deforme debían provenirme tantas dificultades.

Recuerdo (y esto a vía de información para los aficionados a la teosofía y la metafísica) que desde mi tierna infancia me llamaron la atención los contrahechos. Los odiaba al tiempo que me atraían, como detesto y me llama la profundidad abierta bajo la balconada de un noveno piso, a cuyo barandal me he aproximado más de una vez con el corazón temblando de cautela y delicioso pavor. Y así, como frente al vacío no puedo sustraerme al terror de imaginarme cayendo en el aire con el estómago contraído en la asfixia del desmoronamiento, en presencia de un deforme no puedo escapar al nauseoso pensamiento de imaginarme corcovado, grotesco, espantoso, abandonado de todos, hospedado en una perrera, perseguido por traíllas de chicos feroces que me clavarían agujas en la giba...

Es terrible..., sin contar que todos los contrahechos son seres perversos, endemoniados, protervos... De manera que al estrangular a Rigoletto me creo con derecho a afirmar que le hice un inmenso favor a la sociedad, pues he librado a todos los corazones sensibles como el mío de un espectáculo pavoroso y repugnante. Sin añadir que el jorobadito era un hombre cruel. Tan cruel que yo me creía obligado a decirle todos los días:

—Mirá, Rigoletto, no seas perverso. Prefiero cualquier cosa a verte pegándole con un látigo a una inocente cerda.

¿Qué te ha hecho la marrana? Nada. ¿No es cierto que no te ha hecho nada?...

—¿Qué se le importa?

—No te ha hecho nada, y vos contumaz, obstinado, cruel, desfogas tus furores en la pobre bestia...

—Como me embrome mucho la voy a rociar de petróleo a la chancha y luego le prendo fuego.

Después de pronunciar estas palabras, el jorobadito descargaba latigazos en el crinudo lomo de la bestia, rechinando los dientes como un demonio de teatro. Y yo le decía:

—Te voy a retorcer el pescuezo, Rigoletto. Escuchá mis paternales advertencias, Rigoletto. Te conviene...

Predicar en el desierto hubiera sido más eficaz. Se regocijaba en contravenir mis órdenes y en poner en todo momento en evidencia su temperamento sardónico y feroz. Inútil era que prometiera zurrarle la badana o hacerle salir la joroba por el pecho de un mal golpe. Él continuaba observando una conducta impura.

Volviendo a mi actual situación diré que si hay algo que me reprocho, es haber recaído en la ingenuidad de confesar semejantes minucias a los periodistas.

Creía que las interpretarían, mas heme aquí ahora abocado a mi reputación menoscabada, pues esa gentuza lo que menos ha escrito es que soy un demente, afirmando con toda seriedad que bajo la trabazón de mis actos se descubren las características de un cínico perverso.

Ciertamente, que mi actitud en la casa de la señora X, en compañía del jorobadito, no ha sido la de un miembro inscrito en el almanaque de Gotha. No. Al menos no podría afirmarlo bajo mi palabra de honor.

Pero de este extremo al otro, en el que me colocan mis irreductibles enemigos, media una igual distancia de mentira e incomprensión. Mis detractores aseguran que soy un canalla monstruoso, basando esta afirmación en mi jovialidad al comentar ciertos actos en los que he intervenido, como si la jovialidad no fuera precisamente la prueba de cuán excelentes son las condiciones de mi carácter y qué comprensivo y tierno al fin y al cabo.

Por otra parte, si hubiera que tamizar mis actos, ese tamiz a emplearse debería llamarse sufrimiento. Soy un hombre que ha padecido mucho. No negaré que dichos padecimientos han encontrado su origen en mi exceso de sensibilidad, tan agudizada que cuando me encontraba frente a alguien he creído percibir hasta el matiz del color que tenían sus pensamientos, y, lo más grave es que no me he equivocado nunca. Por el alma del hombre he visto pasar el rojo del odio y el verde del amor, como a través de la cresta de una nube los rayos de luna más o menos empalidecidos por el espesor distinto de la masa acuosa. Y personas hubo que me han dicho:

—¿Recuerda cuando usted, hace tres años, me dijo que yo pensaba en tal cosa? No se equivocaba. He caminado así, entre hombres y mujeres, percibiendo los furores que encrespaban sus instintos y los deseos que envaraban sus intenciones, sorprendiendo siempre en las laterales luces de la pupila, en el temblor de los vértices de los labios y en el erizamiento casi invisible de la piel de los párpados, lo que anhelaban, retenían o sufrían. Y jamás estuve más solo que entonces, que cuando ellos y ellas eran transparentes para mí.

De este modo, involuntariamente, fui descubriendo todo el sedimento de bajeza humana que encubren los actos aparentemente más leves, y hombres que eran buenos y perfectos para sus prójimos, fueron, para mí, lo que Cristo llamó sepulcros encalados. Lentamente se agrió mi natural bondad convirtiéndome en un sujeto taciturno e irónico. Pero me voy apartando, precisamente, de aquello a lo cual quiero aproximarme y es la relación del origen de mis desgracias. Mis dificultades nacen de haber conducido a la casa de la señora X al infame corcovado.

En la casa de la señora X yo «hacía el novio» de una de las niñas. Es curioso. Fui atraído, insensiblemente, a la intimidad de esa familia por una hábil conducta de la señora X, que procedió con un determinado exquisito tacto y que consiste en negarnos un vaso de agua para poner a nuestro alcance, y como quien no quiere, un frasco de alcohol. Imagínense ustedes lo que ocurriría con un sediento. Oponiéndose en palabras a mis deseos. Incluso, hay testigos. Digo esto para descargo de mi conciencia. Más aún, en circunstancias en que nuestras relaciones hacían prever una ruptura, yo anticipé seguridades que escandalizaron a los amigos de la casa. Y es curioso. Hay muchas madres que adoptan este temperamento, en la relación que sus hijas tienen con los novios, de manera que el incauto —si en un incauto puede admitirse un minuto de lucidez— observa con terror que ha llevado las cosas mucho más lejos de lo que permitía la conveniencia social.

Y ahora volvamos al jorobadito para deslindar responsabilidades. La primera vez que se presentó a visitarme en mi casa, lo hizo en casi completo estado de ebriedad, faltándole el respeto a una vieja criada que salió a recibirlo y gritando a voz en cuello de manera que hasta los viandantes que pasaban por la calle podían escucharle:

—¿Y dónde está la banda de música con que debían festejar mi hermosa presencia? Y los esclavos que tienen que ungirme de aceite, ¿dónde se han metido? En lugar de recibirme jovencitos con orinales, me atiende una vieja desdentada y hedionda. ¿Y ésta es la casa en la cual usted vive? —y observando las puertas recién pintadas, exclamó enfáticamente—: ¡Pero esto no parece una casa de familia sino una ferretería! Es simplemente asqueroso. ¿Cómo no han tenido la precaución de perfumar la casa con esencia de nardo, sabiendo que iba a venir? ¿No se dan cuenta de la pestilencia de aguarrás que hay aquí?

¿Reparan ustedes en la catadura del insolente que se había posesionado de mi vida?

Lo cual es grave, señores, muy grave.

Estudiando el asunto recuerdo que conocí al contrahecho en un café; lo recuerdo perfectamente. Estaba yo sentado frente a una mesa, meditando, con la nariz metida en mi taza de café, cuando, al levantar la vista distinguí a un jorobadito que con los pies a dos cuartas del suelo y en mangas de camisa, observábame con toda atención, sentado del modo más indecoroso del mundo, pues había puesto la silla al revés y apoyaba sus brazos en el respaldo de esta.

Como hacía calor se había quitado el saco, y así descaradamente en cuerpo de camisa, giraba sus renegridos ojos saltones sobre los jugadores de billar. Era tan bajo que apenas si sus hombros se ponían a nivel con la tabla de la mesa. Y, como les contaba, alternaba la operación de contemplar la concurrencia, con la no menos importante de examinar su reloj pulsera, cual si la hora que este marcara le importara mucho más que la señalada en el gigantesco reloj colgado de un muro del establecimiento.

Pero, lo que causaba en él un efecto extraño, además de la consabida corcova, era la cabeza cuadrada y la cara larga y redonda, de modo que por el cráneo parecía un mulo y por el semblante un caballo.

Me quedé un instante contemplando al jorobadito con la curiosidad de quien mira un sapo que ha brotado frente a él; y éste, sin ofenderse, me dijo:

—Caballero, ¿será tan amable usted que me permita sus fósforos?

Sonriendo, le alcancé mi caja; el contrahecho encendió su cigarro medio consumido y después de observarme largamente, dijo:

—¡Qué buen mozo es usted! Seguramente que no deben faltarle novias.

La lisonja halaga siempre aunque salga de la boca de un jorobado, y muy, amablemente le contesté que sí, que tenía una muy hermosa novia, aunque no estaba muy seguro de ser querido por ella, a lo cual el desconocido, a quien bauticé en mi fuero interno con el nombre de Rigoletto, me contestó después de escuchar con sentenciosa atención mis palabras:

—No sé por qué se me ocurre que usted es de la estofa con que se fabrican excelentes cornudos —y antes que tuviera tiempo de sobreponerme a la estupefacción que me produjo su extraordinaria insolencia, el cacaseno continuó—: Pues yo nunca he tenido novia, créalo, caballero... le digo la verdad.

—No lo dudo —repliqué sonriendo ofensivamente—, no lo dudo...

—De lo que me alegro, caballero, porque no me agradaría tener un incidente con usted...

Mientras él hablaba yo vacilaba si levantarme y darle un puntapié en la cabeza o tirarle a la cara el contenido de mi pocillo de café, pero recapacitándolo me dije que de promoverse un altercado allí, el que llevaría todas las de perder era yo, y cuando me disponía a marcharme contra mi voluntad porque aquel sapo humano me atraía con la inmensidad de su desparpajo, él, obsequiándome con la más graciosa sonrisa de su repertorio que dejaba al descubierto su amarilla dentadura de jumento, dijo:

—Este reloj pulsera me cuesta veinticinco pesos...; esta corbata es inarrugable y me cuesta ocho pesos...; ¿ve estos botines?, treinta y dos pesos, caballero. ¿Puede alguien decir que soy un pelafustán? ¡No, señor! ¿No es cierto?

—¡Claro que sí!

Guiñó arduamente los ojos durante un minuto, luego moviendo la cabeza como un osezno alegre, prosiguió interrogador y afirmativo simultáneamente:

—Qué agradable es poder confesar sus intimidades en público, ¿no le parece, caballero? ¿Hay muchos en mi lugar que pueden sentarse impunemente a la mesa de un café y entablar una amable conversación con un desconocido como lo hago yo? No. Y, ¿por qué no hay muchos, puede contestarme?

—No sé...

—Porque mi semblante respira la santa honradez.

Satisfechísimo de su conclusión, el bufoncillo se restregó las manos con satánico donaire, y echando complacidas miradas en redor prosiguió:

—Soy más bueno que el pan francés y más arbitrario que una preñada de cinco meses. Basta mirarme para comprender de inmediato que soy uno de aquellos hombres que aparecen de tanto en tanto sobre el planeta como un consuelo que Dios ofrece a los hombres en pago de sus penurias, y aunque no creo en la santísima Virgen, la bondad fluye de mis palabras como la piel del Himeto.

Mientras yo desencajaba los ojos asombrados, Rigoletto continuó:

—Yo podría ser abogado ahora, pero como no he estudiado no lo soy. En mi familia fui profesional del betún.

—¿Del betún?

—Sí, lustrador de botas..., lo cual me honra, porque yo solo he escalado la posición que ocupo. ¿O le molesta que haya sido profesional? ¿Acaso no se dice «técnico de calzado» el último remendón de portal, y «experto en cabellos y sus derivados» el rapabarbas, y profesor de baile el cafishio profesional?...

Indudablemente, era aquel el pillete más divertido que había encontrado en mi vida.

—¿Y hora qué hace usted?

—Levanto quinielas entre mis favorecedores, señor. No dudo que usted será mi cliente. Pida informes...

—No hace falta.

—¿Quiere fumar usted, caballero?

—¡Cómo no!

Después que encendí el cigarro que él me hubo ofrecido, Rigoletto apoyó el corto brazo en mi mesa y dijo:

—Yo soy enemigo de contraer amistades nuevas porque la gente generalmente carece de tacto y educación, pero usted me convence..., me parece una persona muy de bien y quiero ser su amigo —dicho lo cual, y ustedes no lo creerán, el corcovado abandonó su silla y se instaló en mi mesa.

Ahora no dudarán ustedes de que Rigoletto era el ente más descarado de su especie, y ello me divirtió a punto tal que no pude menos de pasar el brazo por encima de la mesa y darle dos palmadas amistosas en la giba.

Quedose el contrahecho mirándome gravemente un instante; luego lo pensó mejor, y sonriendo, agregó:

—¡Que le aproveche, caballero, porque a mí no me ha dado ninguna suerte!

Siempre dudé que mi novia me quisiera con la misma fuerza de enamoramiento que a mí me hacía pensar en ella durante todo el día, como en una imagen sobrenatural.

Por momentos la sentía implantada en mi existencia semejante a un peñasco en el centro de un río. Y esta sensación de ser la corriente dividida en dos ondas cada día más pequeñas por el crecimiento del peñasco, resumía mi deleite de enamoramiento y anulación. ¿Comprenden ustedes? La vida que corre en nosotros se corta en dos raudales al llegar a su imagen, y como la corriente no puede destruir la roca, terminamos anhelando el peñasco que aja nuestro movimiento y permanece inmutable.

Naturalmente, ella desde el primer día que nos tratamos, me hizo experimentar con su frialdad sonriente el peso de su autoridad. Sin poder concretar en qué consistía el dominio que ejercía sobre mí, este se traducía como la presión de una atmósfera sobre mi pasión. Frente a ella me sentía ridículo, inferior, sin saber precisar en qué podía consistir cualquiera de ambas cosas.

De más está decir que nunca me atreví a besarla, porque se me ocurría que ella podía considerar un ultraje mi caricia. Eso sí, me era más fácil imaginármela entregada a las caricias de otro, aunque ahora se me ocurre que esa imaginación pervertida era la consecuencia de mi conducta imbécil para con ella.

En tanto, mediante esas curiosas trasmutaciones que obra a veces la alquimia de las pasiones, comencé a odiar rabiosamente a la madre, responsabilizándola también, ignoro por qué, de aquella situación absurda en que me encontraba. Si yo estaba de novio en aquella casa debíase a las arterias de la maldita vieja, y llegó a producirse en poco tiempo una de las situaciones más raras de que había oído hablar, pues me retenía en la casa, junto a mi novia, no el amor a ella, sino el odio al alma taciturna y violenta que envasaba la madre silenciosa, pesando a todas horas cuántas probabilidades existían en el presente de que me casara o no con su hija. Ahora estaba aferrado al semblante de la madre como a una mala injuria inolvidable o a una humillación atroz. Me olvidaba de la muchacha que estaba a mi lado para entretenerme en estudiar el rostro de la anciana, abotargado por el relajamiento de la red muscular, terroso, inmóvil por momentos, como si estuviera tallado en plata sucia, y con ojos negros, vivos e insolentes.

Las mejillas estaban surcadas por gruesas arrugas amarillas, y cuando aquel rostro estaba inmóvil y grave, con los ojos desviados de los míos, por ejemplo, detenidos en el plafón de la sala, emanaba de esa figura envuelta en ropas negras tal implacable voluntad, que el tono de la voz, enérgico y recio, lo que hacía era sólo afirmarla.

Yo tuve la sensación, en un momento dado, que esa mujer me aborrecía, porque la intimidad, a la cual ella «involuntariamente» me había arrastrado, no aseguraba en su interior las ilusiones que un día se había hecho respecto a mí.

Y a medida que el odio crecía, y lanzaba en su interior furiosas voces, la señora X era más amable conmigo, se interesaba por mi salud, siempre precaria, tenía conmigo esas atenciones que las mujeres que han sido un poco sensuales gastan con sus hijos varones, y como una monstruosa araña iba tejiendo en redor de mi responsabilidad una fina tela de obligaciones. Sólo sus ojos negros e insolentes me espiaban de continuo, revisándome el alma y sopesando mis intenciones. A veces, cuando la incertidumbre se le hacía insoportable, estallaba casi en estas indirectas:

—Las amigas no hacen sino preguntarme cuándo se casan ustedes, y yo ¿qué les voy a contestar? Que pronto.

O si no:

—Sería conveniente, no le parece a usted, que la «nena» fuera preparando su ajuar.

Cuando la señora X pronunciaba estas palabras, me miraba fijamente para descubrir si en un parpadeo o en un involuntario temblor de un nervio facial se revelaba mi intención de no cumplir con el compromiso, al cual ella me había arrastrado con su conducta habilísima. Aunque tenía la seguridad de que le daría una sorpresa desagradable, fingía estar segura de mi «decencia de caballero», mas el esfuerzo que tenía que efectuar para revestirse de esa apariencia de tranquilidad, ponía en el timbre de su voz una violencia meliflua, violencia que imprimía a las palabras una velocidad de cuchicheo, como quien os confía apuradamente un secreto, acompañando la voz con una inclinación de cabeza sobre el hombro derecho, mientras que la lengua humedecía los labios resecos por ese instinto animal que la impulsaba a desear matarme o hacerme víctima de una venganza atroz.

Además de voluntariosa, carecía de escrúpulos, pues fingía articular con mis ideas, que le eran odiosas en el más amplio sentido de la palabra.

Y aunque aparentemente resulte ridículo que dos personas se odien en la divergencia de un pensamiento, no lo es, porque en el subconsciente de cada hombre y de cada mujer donde se almacena el rencor, cuando no es posible otro escape, el odio se descarga como por una válvula psíquica en la oposición de las ideas. Por ejemplo, ella, que odiaba a los bolcheviques, me escuchaba deferentemente cuando yo hablaba de las rencillas de Trotzki y Stalin, y hasta llegó al extremo de fingir interesarse por Lenin, ella, ella que se entusiasmaba ardientemente con los más groseros figurones de nuestra política conservadora. Acomodaticia y flexible, su aprobación a mis ideas era una injuria, me sentía empequeñecido y denigrado frente a una mujer que si yo hubiera afirmado que el día era noche, me contestara:

—Efectivamente, no me fijé que el sol hace rato que se ha puesto.

Sintetizando, ella deseaba que me casara de una vez. Luego se encargaría de darme con las puertas en las narices y de resarcirse de todas las dudas en que la había mantenido sumergida mi noviazgo eterno.

En tanto la malla de la red se iba ajustando cada vez más a mi organismo. Me sentía amarrado por invisibles cordeles. Día tras día la señora X agregaba un nudo más a su tejido, y mi tristeza crecía como si ante mis ojos estuvieran serruchando las tablas del ataúd que me iban a sumergir en la nada.

Sabía que en la casa, lo poco bueno que persistía en mí iba a naufragar si yo aceptaba la situación que traía aparejada el compromiso. Ellas, la madre y la hija, me atraían a sus preocupaciones mezquinas, a su vida sórdida, sin ideales, una existencia gris, la verdadera noria de nuestro lenguaje popular en el que la personalidad a medida que pasan los días se va desintegrando bajo el peso de las obligaciones económicas, que tienen la virtud de convertir a un hombre en uno de esos autómatas con cuello postizo, a quienes la mujer y la suegra retan a cada instante porque no trajo más dinero o no llegó a la hora establecida.

Hace mucho tiempo que he comprendido que no he nacido para semejante esclavitud. Admito que es más probable que mi destino me lleve a dormir junto a los rieles de un ferrocarril, en medio del campo verde, que a la de acarretillar un cochecito con toldo de hule, donde duerme un muñeco que al decir de la gente «debe enorgullecerme de ser padre».

Yo no he podido concebir jamás ese orgullo, y sí experimento un sentimiento de vergüenza y de lástima cuando un buen señor se entusiasma frente a mí con el pretexto de que su esposa lo ha hecho «padre de familia». Hasta muchas veces me he dicho que esa gente que así procede son simuladores de alegría o unos perfectos estúpidos. Porque en vez de felicitarnos del nacimiento de una criatura debíamos llorar de haber provocado la aparición en este mundo de un mísero y débil cuerpo humano, que a través de los años sufrirá incontables horas de dolor y escasísimos minutos de alegría.

Y mientras la «deliciosa criatura» con la cabeza tiesa junto a mi hombro soñaba con un futuro sonrosado, yo, con los ojos perdidos en la triangular verdura de un ciprés cercano, pensaba con qué hoja cortante desgarrar la tela de la red, cuyas células, a medida que crecía, se hacían más pequeñas y densas.

Sin embargo, no encontraba un filo lo suficientemente agudo para desgarrar definitivamente la malla, hasta que conocí al corcovado.

En esas circunstancias se me ocurrió la «idea» —idea que fue pequeñita al principio como la raíz de una hierba, pero que en el transcurso de los días se bifurcó en mi cerebro, dilatándose, afianzando sus fibromas entre las células más remotas— y aunque no se me ocultaba que era esa una «idea» extraña, fui familiarizándome con su contextura, de modo que a los pocos días ya estaba acostumbrado a ella y no faltaba sino llevarla a la práctica.

Esa idea, semidiabólica por su naturaleza, consistía en conducir a la casa de mi novia al insolente jorobadito, previo acuerdo con él, y promover un escándalo singular, de consecuencias irreparables. Buscando un motivo mediante el cual podría provocar una ruptura, reparé en una ofensa que podría inferirle a mi novia, sumamente curiosa, la cual consistía:

Bajo la apariencia de una conmiseración elevada a su más pura violencia y expresión, el primer beso que ella aún no me había dado a mí, tendría que dárselo al repugnante corcovado que jamás había sido amado, que jamás conoció la piedad angélica ni la belleza terrestre.

Familiarizado, como les cuento, con mi «idea», si a algo tan magnífico se puede llamar idea, me dirigí al café en busca de Rigoletto.

Después que se hubo sentado a mi lado, le dije:

—Querido amigo: muchas veces he pensado que ninguna mujer lo ha besado ni lo besará. ¡No me interrumpa! Yo la quiero mucho a mi novia, pero dudo que me corresponda de corazón. Y tanto la quiero que para que se dé cuenta de mi cariño le diré que nunca la he besado. Ahora bien, yo quiero que ella me dé una prueba de su amor hacia mí y esa prueba consistirá en que lo bese a usted. ¿Está conforme?

Respingó el corcovado en su silla; luego con tono enfático me replicó:

—¿Y quién me indemniza a mí, caballero, del mal rato que voy a pasar?

—¿Cómo, mal rato?

—¡Naturalmente! ¿O usted se cree que yo puedo prestarme por ser jorobado a farsas tan innobles? Usted me va a llevar a la casa de su novia y como quien presenta un monstruo, le dirá: «Querida, te presento al dromedario».

—¡Yo no la tuteo a mi novia!

—Para el caso es lo mismo. Y yo en tanto, ¿qué voy a quedarme haciendo, caballero? ¿Abriendo la boca como un imbécil, mientras disputan sus tonterías? ¡No, señor; muchas gracias! Gracias por su buena intención, como le decía la liebre al cazador. Además, que usted me dijo que nunca la había besado a su novia.

—Y eso, ¿qué tiene que ver?

—¡Claro! ¿Usted sabe acaso si a mí me gusta que me besen? Puede no gustarme. Y si no me gusta, ¿por qué usted quiere obligarme? ¿O es que usted se cree que porque soy corcovado no tengo sentimientos humanos?

La resistencia de Rigoletto me enardeció. Violentamente, le dije:

—Pero, ¿no se da cuenta de que es usted, con su joroba y figura desgraciadas, el que me sugirió este admirable proyecto? ¡Piense, infeliz! Si mi novia consiente, le quedará a usted un recuerdo espléndido. Podrá decir por todas partes que ha conocido a la criatura más adorable de la tierra. ¿No se da cuenta? Su primer beso habrá sido para usted.

—¿Y quién le dice a usted que ese sea el primer beso que haya dado?

Durante un instante me quedé inmóvil; luego, obcecado por ese frenesí que violentaba toda mi vida hacia la ejecución de la «idea», le respondí:

—Y a vos, Rigoletto, ¿qué se te importa?

—¡No me llame Rigoletto! Yo no le he dado tanta confianza para que me ponga sobrenombres.

—Pero, ¿sabés que sos el contrahecho más insolente que he conocido?

Amainó el jorobadito y ya dijo:

—¿Y si me ultrajara de palabra o de hecho?

—¡No seas ridículo, Rigoletto! ¿Quién te va a ultrajar? ¡Si vos sos un bufón! ¿No te das cuenta? ¡Sos un bufón y un parásito! ¿Para qué hacés entonces la comedia de la dignidad?

—¡Rotundamente protesto, caballero!

—Protestá, todo lo que querás, pero escuchame. Sos un desvergonzado parásito. Creo que me expreso con suficiente claridad, ¿no? Les chupás la sangre a todos los clientes del café que tienen la imprudencia de escuchar tus melifluas palabras. Indudablemente no se encuentra en todo Buenos Aires un cínico de tu estampa y calibre. ¿Con qué derecho, entonces, pretendés que te indemnicen si a vos te indemniza mi tontería de llevarte a una casa donde no sos digno de barrer el zaguán? ¿Qué más indemnización querés que el beso que ella, santamente, te dará, insensible a tu cara, el mapa de la desvergüenza?

—¡No me ultraje!

—Bueno, Rigoletto, ¿aceptás o no aceptás?

—¿Y si ella se niega a dármelo o quedo desairado?...

—Te daré veinte pesos.

—¿Y cuándo vamos a ir?

—Mañana. Córtate el pelo, limpiate las uñas...

—Bueno..., présteme cinco pesos...

—Tomá diez.

A las nueve de la noche salí con Rigoletto en dirección a la casa de mi novia.

El giboso se había perfumado endiabladamente y estrenaba una corbata plastrón de color violeta.

La noche se presentaba sombría con sus ráfagas de viento encallejonadas en las bocacalles, y en el confín, tristemente iluminado por oscilantes lunas eléctricas, se veían deslizarse vertiginosas cordilleras de nubes.

Yo estaba malhumorado, triste. Tan apresuradamente caminaba que el cojo casi corría tras de mí, y a momentos tomándome del borde del saco, me decía con tono lastimero:

—¡Pero usted quiere reventarme! ¿Qué le pasa a usted?

Y de tal manera crecía mi enfurecimiento que de no necesitar a Rigoletto lo hubiera arrojado de un puntapié al medio de la calzada.

¡Y cómo soplaba el viento! No se veía alma viviente por las calles, y una claridad espectral caída del segundo cielo que contenían las combadas nubes, hacía más nítidos los contornos de las fachadas y sus cresterías funerarias:

No había quedado un trozo de papel por los suelos. Parecía que la ciudad había sido borrada por una tropa de espectros. Y a pesar de encontrarme en ella, creía estar perdido en un bosque.

El viento doblaba violentamente la copa de los árboles, pero el maldito corcovado me perseguía en mi carrera, como si no quisiera perderme, semejante a mi genio malo, semejante a lo malvado de mí mismo que para concretarse se hubiera revestido con la figura abominable del giboso.

Y yo estaba triste. Enormemente triste, como no se lo imaginan ustedes. Comprendía que le iba a inferir un atroz ultraje a la tría calculadora; comprendía que ese acto me separaría para siempre de ella, lo cual no obstaba para que me dijera a medida que cruzaba las aceras desiertas:

—Si Rigoletto fuera mi hermano, no hubiera procedido lo mismo. Y comprendía que sí que si Rigoletto hubiera sido mi hermano, yo toda la vida lo hubiera compadecido con angustia enorme. Por su aislamiento, por su falta de amor que le hiciera tolerable los días colmados por los ultrajes de todas las miradas. Y me añadía que la mujer que me hubiera querido debía primero haberlo amado a él.

De pronto me detuve ante un zaguán iluminado:

—Aquí es.

Mi corazón latía fuertemente. Rigoletto atiesó el pescuezo y, empinado sobre la punta de sus pies, al tiempo que se arreglaba el moño de la corbata, me dijo:

—¡Acuérdese! ¡Usted es el único culpable! ¡Que el pecado...!

Fina y alta, apareció mi novia en la sala dorada.

Aunque sonreía, su mirada me escudriñaba con la misma serenidad con que me examinó la primera vez cuando le dije: «¿me permite una palabra, señorita?», y esta contradicción entre la sonrisa de su carne (pues es la carne la que hace ese movimiento delicioso que llamamos sonrisa) y la fría expectativa de su inteligencia discerniéndome mediante los ojos, era la que siempre me causaba la extraña impresión.

Avanzó cordialmente a mi encuentro, pero al descubrir al contrahecho, se detuvo asombrada, interrogándonos a los dos con la mirada.

—Elsa, le voy a presentar a mi amigo Rigoletto.

—¡No me ultraje, caballero! ¡Usted bien sabe que no me llamo Rigoletto!

—¡A ver si te callás!

Elsa detuvo la sonrisa. Mirábame seriamente, como si yo estuviera en trance de convertirme en un desconocido para ella. Señalándole una butaca dorada le dije al contrahecho:

—Sentate allí y no te muevas.

Quedose el giboso con los pies a dos cuartas del suelo y el sombrero de paja sobre las rodillas y con su carota atezada parecía un ridículo ídolo chino. Elsa contemplaba estupefacta al absurdo personaje.

Me sentí súbitamente calmado.

—Elsa —le dije—, Elsa, yo dudo de su amor. No se preocupe por ese repugnante canalla que nos escucha. Óigame: yo dudo... no sé por qué..., pero dudo de que usted me quiera. Es triste eso..., créalo... Demuéstreme, deme una prueba de que me quiere, y seré toda la vida su esclavo.

Naturalmente, yo no estaba seguro de lo que quería expresar «toda la vida», pero tanto me agradó la frase que insistí:

—Sí, su esclavo para toda la vida. No crea que he bebido. Sienta el olor de mi aliento.

Elsa retrocedió a medida que yo me acercaba a ella, y en ese momento, ¿saben ustedes lo que se le ocurre al maldito cojo? Pues: tocar una marcha militar con el nudillo de sus dedos en la copa del sombrero.

Me volví al cojo y después de conminarle silencio, me expliqué:

—Vea, Elsa, y la única prueba de amor es que le dé un beso a Rigoletto.

Los ojos de la doncella se llenaron de una claridad sombría. Caviló un instante; luego, sin cólera en la voz, me dijo muy lentamente:

—¡Retírese!

—¡Pero!...

—¡Retírese, por favor...; váyase!...

Yo me inclino a creer que el asunto hubiera tenido compostura, créanlo..., pero aquí ocurrió algo curioso, y es que Rigoletto, que hasta entonces había guardado silencio, se levantó exclamando:

—¡No le permito esa insolencia, señorita..., no le permito que lo trate así a mi noble amigo! Usted no tiene corazón para la desgracia ajena. ¡Corazón de peñasco, es indigna de ser la novia de mi amigo!

Más tarde mucha gente creyó que lo que ocurrió fue una comedia preparada. Y la prueba de que yo ignoraba lo que iba a ocurrir, es que al escuchar los despropósitos del contrahecho me desplomé en un sofá riéndome a gritos, mientras que el giboso, con el semblante congestionado, tieso en el centro de la sala, con su bracito extendido, vociferaba:

—¡Por qué usted le dijo a mi amigo que un beso no se pide..., se da! ¿Son conversaciones esas adecuadas para una que presume de señorita como usted? ¿No le da a usted vergüenza?

Descompuesto de risa, sólo atiné a decir:

—¡Callate, Rigoletto; callate!

El corcovado se volvió enfático:

—¡Permítame, caballero...; no necesito que me dé lecciones de urbanidad! —Y volviéndose a Elsa, que roja de vergüenza había retrocedido hasta la puerta de la sala, le dijo—: ¡Señorita... la conmino a que me dé un beso!

El límite de resistencia de las personas es variable. Elsa huyó arrojando grandes gritos y en menos tiempo del que podía esperarse aparecieron en la sala su padre y su madre, la última con una servilleta en la mano.

¿Ustedes creen que el cojo se amilanó? Nada de eso. Colocado en medio de la sala, gritó estentóreamente:

—¡Ustedes no tienen nada que hacer aquí! ¡Yo he venido en cumplimiento de una alta misión filantrópica!... ¡No se acerquen! —Y antes de que ellos tuvieran tiempo de avanzar para arrojarlo por la ventana, el corcovado desenfundó un revólver, encañonándolos.

Se espantaron porque creyeron que estaba loco, y cuando los vi así inmovilizados por el miedo, quedeme a la expectativa, como quien no tuviera nada que hacer en tal asunto, pues ahora la insolencia de Rigoletto parecíame de lo más extraordinaria y pintoresca.

Este, dándose cuenta del efecto causado, se envalentonó:

—¡Yo he venido a cumplir una alta misión filantrópica! Y es necesario que Elsa me dé un beso para que yo le perdone a la humanidad mi corcova. A cuenta del beso, sírvanme un té con coñac. ¡Es una vergüenza cómo ustedes atienden a las visitas! ¡No tuerza la nariz, señora, que para eso me he perfumado! ¡Y tráigame el té!

¡Ah, inefable Rigoletto! Dicen que estoy loco, pero jamás un cuerdo se ha reído con tus insolencias como yo, que no estaba en mis cabales.

—Lo haré meter preso.

—Usted ignora las más elementales reglas de cortesía —insistía el corcovado—. Ustedes están obligados a atenderme como a un caballero. El hecho de ser jorobado no los autoriza a despreciarme. Yo he venido para cumplir una alta misión filantrópica. La novia de mi amigo está obligada a darme un beso. Y no lo rechazo. Lo acepto. Comprendo que debo aceptarlo como una reparación que me debe la sociedad, y no me niego a recibirlo.

Indudablemente... si allí había un loco, era Rigoletto, no les quede la menor duda, señores. Continuó él:

—Caballero... yo soy...

Un vigilante tras otro entraron en la sala. No recuerdo más nada. Dicen los periódicos que me desvanecí al verlos entrar. Es posible.

¿Y ahora se dan cuenta por qué el hijo del diablo, el maldito jorobado, castigaba a la marrana todas las tardes y por qué yo he terminado estrangulándole?

ODIO DESDE LA OTRA VIDA

Fernando sentía la incomodidad de la mirada del árabe, que, sentado a sus espaldas a una mesa de esterilla en el otro extremo de la terraza, no apartaba posiblemente la mirada de su nuca. Sin poderse contener se levantó, y, a riesgo de pasar por un demente a los ojos del otro, se detuvo frente a la mesa del marroquí y le dijo:

—Yo no le conozco a usted. ¿Por qué me está mirando?

El árabe se puso de pie y, después de saludarlo ritualmente, le dijo:

—Señor, usted perdonará. Me he especializado en ciencias ocultas y soy un hombre sumamente sensible. Cuando yo estaba mirándole a la espalda, era que estaba viendo sobre su cabeza una gran nube roja. Era el Crimen. Usted en esos momentos estaba pensando en matar a su novia.

Lo que decía el desconocido era cierto. Fernando había estado pensando en matar a su novia. El moro vio cómo el asombro se pintaba en el rostro de Fernando y le dijo:

—Siéntese. Me sentiré muy orgulloso de su compañía durante mucho tiempo.

Fernando se dejó caer melancólicamente en el sillón esterillado. Desde el bar de la terraza se distinguían, casi a sus pies, las murallas almenadas de la vieja dominación portuguesa; más allá de las almenas el espejo azul de agua de la bahía se extendía hasta el horizonte verdoso. Un transatlántico salía hacia Gibraltar por la calle de boyas, mientras que una voz morisca, lenta, acompañándose de un instrumento de cuerda, gañía una melodía sumamente triste y voluptuosa. Fernando sintió que un desaliento tremendo llovía sobre su corazón. A su lado, el caballero árabe, de gran turbante, finísima túnica y modales de señorita, reiteró:

—Estaba precisamente sobre su cabeza. Una nube roja de fatalidad. Luego, semejante a una flor venenosa, surgió la cabeza de su novia. Y yo vi repetidamente que usted pensaba matarla.

Fernando, sin darse cuenta de lo que hacía, movió la cabeza, confirmando lo que el desconocido le decía. El árabe continuó:

—Cuando desapareció la nube roja, vi una sala. Junto a una mesa dorada había dos sillones revestidos de terciopelo verde.

Fernando ahora pensó que no tenía nada de inverosímil que el árabe pudiera darle datos de la habitación que ocupaba Lucía, porque esta miraba al jardín del hotel. Pero asintió con la cabeza. Estaba aturdido. Ya nada le parecía extraordinario ni terrible. El árabe continuó:

—Junto a usted estaba su novia con el tapado bajo el brazo —y acto seguido el misterioso oriental comenzó con un lápiz a dibujar en el mármol de la mesa el rostro de la muchacha.

Fernando miraba aparecer el rostro de la muchacha que tanto quería, sobre el mármol, y aquello le resultaba, en aquel extraño momento, sumamente natural. Quizá estaba viviendo un ensueño. Quizá estaba loco. Quizá el desconocido era un bribón que le había visto con Lucía por la Cashba. Pero lo que este granuja no podía saber era que él pensaba en aquel momento matar a Lucía.

El árabe prosiguió:

—Usted estaba sentado en el sillón de terciopelo verde mientras que ella le decía: «Tenemos que separarnos. Terminar esto. No podemos continuar así». Ella le dijo esto y usted no respondió una palabra. ¿Es o no es cierto que ella le dijo eso?

Fernando asintió, mecanizado, con la cabeza. El árabe sacó del bolsillo una petaca, extrajo un cigarrillo, y dijo:

—Usted y Lucía se odian desde la otra vida. —...

—Ustedes se vienen odiando a través de una infinita serie de reencarnaciones.

Fernando examinó el cobrizo perfil del hombre del turbante y luego fijó tristemente los ojos en el espejo azul de la bahía.

El transatlántico había doblado el codo de las boyas, su penacho de humo se inmovilizaba en el espacio, y una tristeza tremenda le aplanaba sobre el sillón, mientras que el árabe, con una naturalidad terrorífica, proseguía:

—Y usted quiere morir porque la ama y la odia. Pero el odio es entre ustedes más fuerte que el amor. Hace millares de años que ustedes se odian mortalmente. Y que se buscan para dañarse y desgarrarse. Ustedes aman el dolor que uno le inflige al otro, ustedes aman el odio porque ninguno de ustedes podría odiar más perfectamente a otra persona de la manera que recíprocamente se odian ya.

Todo ello era cierto. El hombre de la chilaba prosiguió:

—¿Quiere usted venir a mi casa? Le mostraré en el pasado el último crimen que medió entre usted y su novia. ¡Ah!, perdón por no haberme presentado. Me llamo Tell Aviv; soy doctor en ciencias ocultas.

Fernando comprendió que no tenía objeto resistirse a nada. Bribón o clarividente, el desconocido había penetrado hasta las raíces de su terrible problema. Golpeó el gong, y un muchachito morisco, descalzo, corrió sobre las esteras hacia la mesa, recibió el duro «assani», presto como un galgo le trajo el vuelto y, de pronto, Fernando se encontró bajo las techadas callejuelas caminando al lado de su misterioso compañero, que, a pesar de gastar una magnífica chilaba, no se recataba de pasar al lado de grasientas tiendas donde hervían pescado día y noche, puestos de té verde, donde en amontonamiento bestial se hacinaban piojosos campesinos descalzos.

Finalmente llegaron a una casa arrinconada en un ángulo del barrio de Yama el Raisuli.

Tell Aviv levantó el pesado aldabón morisco y lo dejó caer; la puerta, claveteada como la de una fortaleza, se entreabrió lentamente y un negro del Nedjel apareció sombrío y semidesnudo. Se inclinó profundamente frente a su amo; la puerta, entonces, se abrió aún más, y Fernando cruzó un patio sombreado de limoneros con grandes tinajones de barro en los ángulos. Tell Aviv abrió una puerta y le invitó a entrar. Se encontraban ahora en un salón con un estrado al fondo cubierto de cojines. En el centro una fontana desgranaba su vara de agua. Fernando levantó la cabeza. El techo de la habitación, como el de los salones de la Alhambra, estaba abombado en bóveda.

Ríos de constelaciones y de estrellas se cuajaban entre las nebulosas, y Tell Aviv, haciéndole sentar en un cojín, exclamó:

—Que la paz de Alá esté en tu corazón. Que la dulzura del Profeta aceite tu generosidad. Que tus entrañas se cubran de miel. Eres un hombre ecuánime y valiente. No has dudado de mi amistad.

Y como si estuvieran perdidos en una tienda del desierto, batió tan rudamente el gong que el negro, sobresaltado, apareció con un puñado de rosas amarillas olvidado entre las manos:

—Rakka, trae la pipa —y dirigiéndose a Fernando, aclaró—: Fumarás ahora la pipa de la buena droga. Ello facilitará tu entrada en el plano astral. Se te hará visible la etapa de tu último encuentro con la que hoy es tu novia. La continuidad de vuestro odio.

Algunos minutos después Fernando sorbía el humo de una droga acre al paladar como una pulpa de tamarindo. Así de ácida y fácil. Su cuerpo se deslizó definitivamente sobre los cojines, mientras que su alma, diligentemente, se deslizaba a través de espesas murallas de tinieblas. A pesar de las tinieblas, él sabía que se encaminaba hacia un paisaje claro y penetrante. Rápidamente se encontró en las orillas de una marisma, cargada de flexibles juncos.

Fernando no estaba ni triste ni contento, pero observaba que todas las particularidades vegetales del paisaje tenían un relieve violento, una luminosidad expresiva, como si un árbol allí fuera dos veces más profundamente árbol que en la tierra.

Más allá de la marisma se extendía el mar. Un velero, con sus grandes lienzos rojos extendidos al viento se alejaba insensiblemente. De pronto Fernando se detuvo sorprendido. Ahora estaba vestido al modo oriental, con un holgado albornoz de verticales rayas negras y amarillas. Se llevó la mano al cinto y allí tropezó con un pistolón de chispa.

Un pesado yatagán colgaba de su cinturón de cuero. Más allá la arena del desierto se extendía fresca hasta el ribazo de árboles de un bosque. Fernando se echó a caminar melancólicamente y pronto se encontró bajo la cúpula de los árboles de corteza lisa y dura y de otros que, por un juego de luz, parecían cubiertos por escamas de cobre oxidado. Como Tell Aviv le había dicho, la paz estaba en él. No lejos se escuchaba el murmullo de un río. Continuó por el sendero, y una hora después, quizá menos, se encontró en la margen del río. El lecho estaba sembrado de peñascos y las aguas se quebraban en sus filos de flechas de cristal. Lo notable fue que al volver la cabeza, vio un hermoso caballo ensillado, con una hermosa silla de cuero labrado. Fernando, sorprendido, buscó con la mirada en redor. No se veía al dueño del caballo por ninguna parte. El caballo inmóvil, de pie junto al río, miraba melancólicamente pasar las aguas. Fernando se acercó. Un sobresalto de terror dejó rígido su cuerpo y rápidamente llevó la mano al alfanje.

No lejos del caballo, sobre la arena, completamente dormida se veía una boa constrictor. El vientre de la boa, cubierto de escamas negras y amarillas aparecía repugnantemente deformado en una gran extensión. Por la boca de la boa salían los dos pies de un hombre. No había dudas ahora. El hombre que montaba el caballo, al llegar al río, desmontó posiblemente para beber, y cuando estaba inclinado de cara sobre el agua, probablemente la boa se dejó caer de la rama de un árbol sobre él, lo trituró entre sus anillos y después se lo tragó ¡Vaya a saber cuántas horas hacía que el caballo esperaba que su amo saliera del interior del vientre de la boa!

Fernando examinó el filo de su yatagán —era reciente y tajante—, se aproximó a la boa, inmóvil en el amodorramiento de su digestión, y levantó el alfanje. El golpe fue tremendo. Cercenó no sólo la cabeza del reptil, sino los dos pies del muerto. La boa decapitada se retorció violentamente.

Entonces Fernando, considerando el atalaje del caballo, pensó que el hombre que había sido devorado por la boa debía ser un creyente de calidad, cuya tumba no debía ser el vientre de un monstruo. Se acercó a la boa y le abrió el vientre. En su interior estaba el hombre muerto. Envuelto en un rico albornoz ensangrentado, con puñal de empuñadura de oro al cinto. Un bulto se marcaba sobre su cintura. Fernando rebuscó allí: era una talega de seda. La abrió, y por la palma de su mano rodó una cascada de diamantes de diversos quilates. Fernando se alegró. Luego, ayudándose de su alfanje, trabajó durante algunas horas hasta que consiguió abrir una tumba, en la cual sepultó al infortunado desconocido.

Luego se dirigió a la ciudad, cuyas murallas se distinguían allí a lo lejos en el fondo de una curva que trazaba el río hacia las colinas del horizonte.

Su día había sido satisfactorio. No todos los hijos del Islam se encontraban con un caballo en la orilla de un río, un hombre dentro del vientre de una boa y una fortuna en piedras preciosas dentro de la escarcela del hombre. Alá y el Profeta evidentemente le protegían.

No estaban ya muy distantes, no, las murallas de la ciudad. Se distinguían sus macizas torres y los centinelas con las pesadas lanzas paseándose detrás de los merlones.

De pronto, por una de las puertas principales salió una cabalgata. Al frente de ella iba un hombre de venerable barba. El grupo cabalgaba en dirección de Fernando. Cuando el anciano se cruzó con Fernando, este lo saludó llevándose reverentemente la mano a la frente. Como el anciano no le conocía, sujetó su potro, y entonces pudo observar la cabalgadura de Fernando, porque exclamó:

—Hermanos, hermanos, mirad el caballo de mi hijo.

Los hombres que acompañaban al anciano rodearon amenazadores a Fernando, y el anciano prosiguió:

—Ved, ved, su montura. Ved su nombre inscrito allí.

Recién Fernando se dio cuenta de que efectivamente, en el ángulo de la montura estaba escrito en caracteres cúficos el posible nombre del muerto.

—Hijo de un perro, ¿de dónde has sacado tú ese caballo?

Fernando no atinaba a pronunciar palabra. Las evidencias lo acusaban. De pronto el anciano, que le revisaba y acababa de despojarle de su puñal y alfanje ensangrentado, exclamó:

—Hermanos..., hermanos..., ved la bolsa de diamantes que mi hijo llevaba a traficar...

Inútil fue que Fernando intentara explicarse. Los hombres cayeron con tal furor sobre él, y le golpearon tan reciamente, que en pocos minutos perdió el sentido. Cuando despertó estaba en el fondo de una mazmorra oscura, adolorido.

Transcurrieron así algunas horas; de pronto la puerta crujió, dos esclavos negros le tomaron de los brazos y le amarraron con cadenitas de bronce las manos y los pies. Luego a latigazos le obligaron a subir los escalones de piedra de la mazmorra, a latigazos cruzó los negros corredores y después entró a un sendero enarenado. Su espalda y sus miembros estaban ensangrentados. Ahora yacía junto al cantero de un selvático jardín. Las palmas y los cedros recortaban el cielo celeste con sus abanicos y sus cúpulas; resonó un gong y dejaron de azotarle. El anciano que le había encontrado en las afueras de la ciudad apareció bajo la herradura de una puerta en compañía de una joven. Ella tenía descubierto el rostro. Fernando exclamó:

—Lucía, Lucía, soy inocente.

Era el rostro de Lucía, su novia. Pero en el sueño él se había olvidado de que estaba viviendo en otro siglo.

El anciano lo señaló a la joven, que era el doble de Lucía, y dijo:

—Hija mía: este hombre asesinó a tu hermano. Te lo entrego para que tomes cumplida venganza de él.

—Soy inocente —exclamó Fernando—. Le encontré en el vientre de una boa. Con los pies fuera de la boa. Lo sepulté piadosamente —y Fernando, a pesar de sus amarraduras, se arrodilló frente a «Lucía». Luego, con palabras febriles, le explicó aquel juego de la fatalidad. «Lucía», rodeada de sus eunucos le observaba con una impaciente mirada de mujer fría y cruel, verdoso el tormentoso fondo de los ojos. Fernando, de rodillas frente a ella, en el jardín morisco, comprendía que aquella mirada hostil y feroz era la muralla donde se quebraban siempre y siempre sus palabras. «Lucía» lo dejó hablar, y luego, mirando a un eunuco, dijo:

—Afcha, échalo a los perros.

El esclavo fue hasta el fondo del jardín, luego regresó con una traílla de siete mastines de ojos ensangrentados y humosas fauces. Fernando quiso incorporarse, escapar, gritar otra vez su inocencia. De pronto sintió en el hombro la quemadura de una dentellada, un hocico húmedo rozó su mejilla, otros dientes se clavaron en sus piernas y...

El negro de Nedjel le había alcanzado una taza de té, y sentado frente a él Tell Aviv, dijo:

—¿No me reconoces? Yo soy el criado que en la otra vida llamé a los perros para hacerte despedazar.

Fernando se pasó la mano por los ojos. Luego murmuró:

—Todo esto es extraño e increíblemente verídico.

Tell Aviv continuó:

—Si tú quieres puedes matarla a Lucía. Entre ella y yo también hay una cuenta desde la otra vida.

—No. Volveríamos a crear una cuenta para la próxima otra vida.

Tell Aviv insistió:

—No te costará nada. Lo haré en obsequio a tu carácter generoso.

Fernando volvió a rehusar, y, sin saber por qué, le dijo:

—Eres más saludable que el limón y más sabroso que la miel; pero no asesines a Lucía. Y ahora, que la paz de Alá esté en ti para siempre.

Y levantándose salió.

Salió, pero una tranquilidad nueva estaba en el fondo de su corazón. Él no sabía si Tell Aviv era un granuja o un doctor en magia, pero lo único que él sabía era que debía apartarse para siempre de Lucía. Y aquella misma noche se metió en un tren que salía para Fez, de allí regresó para Casablanca y de Casablanca un día salió hacia Buenos Aires. Aquí le encontré yo, y aquí me contó su historia, epilogada con estas palabras:

—Si no me hubiera ido tan lejos, creo que hubiera muerto a Lucía. Aquello de hacerme despedazar por los perros no tuvo nombre...

UNA TARDE DE DOMINGO

Eugenio Karl salió aquella tarde de domingo a la calle, diciéndose:

«Es casi seguro que hoy me va a ocurrir un suceso extraño.»

El origen de semejantes presagios lo basaba Eugenio en las anómalas palpitaciones de su corazón, y éstas las atribuía a la acción de un pensamiento distante sobre su sensibilidad. No era raro que atenaceado por un presentimiento vago tomara precauciones concretas o procediera de forma poco normal.

Su táctica en este sentido dependía de su estado psíquico. Si estaba contento admitía que el presagio era de naturaleza benigna. En cambio, si su humor era sombrío evitaba incluso salir a la calle por temor a que se le cayera encima de la cabeza la cornisa de un rascacielos o un cable de corriente eléctrica.

Pero, generalmente, le agradaba abandonarse al presagio, ese incierto deseo de aventura que subsiste en el hombre de temple más agrio y pesimista.

Durante más de media hora siguió Eugenio al azar por las veredas, cuando de pronto observó a una mujer envuelta en un tapado negro. Avanzaba hacia él sonriendo con naturalidad. Eugenio la reconsideró con el ceño

enfoscado, sin poder reconocerla, y pensando simultáneamente:

«Las costumbres de las mujeres afortunadamente
son cada vez más libres.»

De pronto ella exclamó:

—¿Cómo le va, Eugenio?

Karl despegó instantáneamente de la neblina que
envolvía su curiosidad:

—¡Ah! ¿Es usted, señora? ¿Cómo le va?

Durante una fracción de segundo Leonilda lo
reconsideró con sonrisa lacia, equívoca, mientras que
Eugenio se informaba:

—¿Y Juan?...

—Salió, como de costumbre. Ya ve, me dejó solita.
¿Quiere venir a tomar el té conmigo?

Leonilda hablaba despacio, indecisa, con su sonrisa
relajada por una fatiga lasciva que inclinándole la cabeza
sobre un hombro la obligaba a mirar al hombre entre
los párpados semicerrados, como si tuviera ante los ojos
un sol centelleante. Una chispa de agua gris temblaba
en el fondo de sus pupilas, y Karl se dijo:

«Ella tiene curiosidad de acostarse con un hombre
que no sea su marido», y no bien hubo terminado de
pensar esto, cuando sus pulsaciones aumentaron de seten-
ta y cinco a ciento diez. Le pareció que acababa de correr
doscientos metros, tal emoción le producía la puerta
desconocida que frente a él Leonilda entreabría con
laxitud. Pero no pudo menos de relampaguear un escrúpulo en su mente:

«Sola. A tomar té con ella. No sabe que una mujer sola no debe recibir a los amigos de su esposo.» Y entonces tartamudeó:

—No, muchas gracias... Si estuviera Juan...

Era la suya la voz de una criatura a quien le ofrecen una moneda y dice: «no, gracias», porque le han acostumbrado a no recibir regalos, y tan es así que inmediatamente se dijo:

«¿Por qué soy tan estúpido? Debí aceptar. Ojalá me invitara otra vez.» Y habló en voz alta:

—Fíjese, Leonilda, en que no la reconocí —pero su pensamiento estaba clavado en otra parte, y la mujer parecía comprender la diversidad de sensaciones que conmocionaban al hombre, y Karl se decía:

«¿Por qué fui tan estúpido de no aceptar su invitación?» Pero Eugenio, a fin de disolver un comienzo de obsesión, insistió:

—No la reconocía. Y cuando vi que usted sonrió, me pregunté: ¿Quién será esta mujer?

En tanto hablaba, un deseo bailaba en él:

«¿Será capaz de invitarme otra vez a tomar té?»

Leonilda lo miraba insinuante a los ojos. Su sonrisa era un esguince lacio, taladrando perspicazmente la hipocresía del hombre que trataba inútilmente de desempeñar la comedia del ciudadano virtuoso. Su mismo silencio le parecía a Eugenio el fragor de una tempestad, entre la cual se diferenciaba asombrosamente la insinuación de Leonilda:

«Atrévase. Estoy sola. Nadie lo sabrá.»

No tenían ya nada que comunicarse. Mas permanecían en la vereda atornillada por el llamado de su sexo y la contradicción de sus sentimientos subterráneos. Eugenio balbuceó pesadamente, con los labios rígidos de tensión nerviosa:

—¿Así que su esposo no está? ¿Salió... y la dejó solita?...

Ella se echó a reír, luego, abandonando la cabeza ligeramente sobre su hombro izquierdo, se puso a reír, retorció el cordón de su cartera y, mirándolo, desafiante, respondió:

—Me dejó completamente sola. Solita. Y yo me aburría tanto que fui a dar una vuelta. ¿Por qué no viene a tomar el té conmigo?

Las pulsaciones de Karl ascendieron de ochenta a ciento diez. Hubo un temblequeo de irresolución en el fondo de sus pupilas. «Perder quizá un amigo. Solos los dos. ¿Hasta dónde será capaz de llegar?»

Leonilda lo escrutó semiburlona. Discernía sus escrúpulos, y allí, de pie en la vereda, con la cabeza ligeramente caída sobre un hombro y la sonrisa insinuante como la de una cocotte lo espiaba a través de sus párpados entornados, al tiempo que pronunciaba con vocecita burlona:

—Fíjese que le digo a Juan que como siga dejándome sola voy a tener que buscarme un novio. ¡Ja, ja! Qué gracia. Un novio a mi edad. ¿Puede quererme alguien a mí? ¿Pero, por qué no viene? Toma un té y se va. ¿Qué tiene que está tan triste?

Y era cierto. Karl jamás como en aquel instante se sintió triste. Pensaba que iba a traicionar a un amigo. Qué remordimiento, para después cuando apartara su vientre sucio del vientre de esa mujer. Sin embargo, la sonrisa de Leonilda era tan insinuante. Y volvió a repetirse:

«Traicionar a un amigo por una mujer. Y él tendría entonces derecho a decirme: ¿No sabías que el mundo está repleto de mujeres? Y vos fuiste hacia mi mujer, mi única mujer. Vos. Y el mundo está lleno de mujeres.» Aquí está la sorpresa que presentía para hoy.

El corazón de Eugenio palpitaba como después de una carrera de doscientos metros. Y no podía resistirse. Leonilda lo vencía con la estática actitud de la cabeza inclinada sobre el hombro izquierdo y la desgarrada sonrisa que dejaba entrever la hilera de sus dientes blancos y encías sonrosadas.

Una laxitud terrible se apoderaba de sus miembros. Caía perpendicular entre ellos, y aplomado, oblicuo en la vereda chapada de luz amarilla, percibía la movilidad del espacio, como si se encontrara en la cimera de una nube, y los mundos y las ciudades estuvieran a sus pies.

Y, simultáneamente, ansiaba desmoronarse en el desconocido universo de sensualidad que le ofrecía la "mujer casada", pero a pesar de su deseo no podía vencer la inercia que lo mantenía oblicuo en la vereda ondulante, bajo sus ojos.

Ella, muy bajo, volvió a la carga.

—Toma el té y después se va...

Él, resueltamente, dijo:

—Vamos. La voy a acompañar. Tomaremos juntos el té —pero en tanto pensaba:

«Cuando estemos solos le tomaré una mano, después la besaré y de allí tocarle un seno; todo y nada es lo mismo; ella posiblemente me dirá: "no, déjeme", pero la llevaré a la cama, a su cama matrimonial que es tan ancha, y donde hace tantos años que se acuesta con Juan.»

Ella comenzó a caminar a su lado con tranquila confianza. Karl se sentía ridículo como un hombre de madera que se bambolea sobre pies de aserrín.

Por decir algo, Leonilda preguntó:

—¿Sigue separado de su esposa?

—Sí.

—¿Y no la extraña?

—No.

—¡Ah! Cómo son ustedes los hombres... cómo son...

Durante dos segundos, Eugenio tuvo inmensos deseos de echarse a reír ruidosamente y repitió para sí mismo: «Cómo somos nosotros los hombres... ¿Y usted, usted, que me lleva a tomar té en ausencia de su marido?»; pero al volver el pensamiento de estar solo con Leonilda en un cuarto, no pudo soslayar la imagen de Juan. Lo veía terminada la hora de trabajo ir corriendo hacia un prostíbulo clandestino, escogiendo las rameras de trasero extraordinario, y entonces observó con cierta curiosidad a Leonilda, preguntándose si él la habría adaptado a ella a sus preferencias sensuales y de pronto se encontró frente a una puerta de madera; Leonilda extrajo un llavero, y sonriendo laciamente, abrió. Subieron una escalera, y ahora apenas si se atrevían a mirarse a los ojos.

«Si me encontrara junto a una catarata, no habría más ruido en mis oídos», pensaba Eugenio.

Rechinó otra cerradura, se hizo más oscuridad ante sus ojos, luego entrevió el moblaje del escritorio, giró una llave y curvas de luz amarilla rebotaron en el cuello de los sofás. Distinguió carpetas verdes suspendidas de los muros, y repentinamente, fatigado, se dejó caer en un sillón. Le dolían las articulaciones, había corrido mentalmente con demasiada velocidad hacia el deseo, y ahora sus articulaciones estaban como enmohecidas de ansiedad. La sangre parecía precipitarse en un inmenso bloque coagulado hasta una línea horizontal de su corazón, y cierta blandura deslizándose entre la coyuntura de sus rodillas lo postraba allí en ese sillón de cuero frío, mientras que la voz del marido ausente parecía susurrarle en el oído:

«Canalla, mi única mujer. ¿No sabías? ¡Mi única mujer en el mundo!»

Una sonrisa burlona se dibujó en el semblante de Eugenio:

«Todos los maridos tienen una única mujer, cuando ésta se encuentra en trance de acostarse con otro.»

Se dio cuenta que ella aún estaba en la habitación, cuando dijo:

—Permiso, Eugenio, me voy a sacar el tapado.

Leonilda desapareció. Karl, haciendo un gran esfuerzo, se levantó del asiento, y manteniendo inmóvil el busto comenzó a sacudir la cabeza con energía. Conocía este procedimiento por haberlo visto utilizar a los boxeadores cuando están al borde del knock-out. Aspiró profundamente aire, y ya dueño de sí mismo, se arrinconó en el sofá. Experimentaba curiosidad hacia sí mismo. ¿Cómo se comportaría frente a la mujer?

Leonilda apareció ahora ajustada en un traje de calle, de merino oscuro. Ella también parecía dueña de sí misma, y entonces Eugenio lanzó casi burlón la preguntita:

—Así que se aburre mucho usted, ¿eh?

Ella, sentada en un sillón lateral al sofá, cruzando las piernas, aparentó pensar y ya decidida, respondió:

—Sí, mucho.

Se produjo un silencio tenebroso, en el cual ambos intercalaban examen, mirándose a los ojos, y una como película parlante deslizaba en los oídos de Karl estas palabras:

«Solos. Diez minutos antes ibas por las calles de la ciudad, apestadas del tedio dominguero, sin saber en qué ocuparías tus horas y esperando una aventura centelleante. ¡Oh, la vida! Y ahora no sabes de qué modo iniciar la comedia. Tomarla de la cintura, besarle una mano, apretarle un seno inadvertidamente. Ninguna mujer se resiste a un hombre, cuando él le acaricia los senos.»

Un ruido de catarata se desmoronaba junto a los oídos del hombre, y entonces otra vez forzando las palabras que estaban allí atrancadas en el fondo de su garganta seca y de su lenguaje torpe, murmuró con la sonrisa falsa de quien no encuentra tema de conversación:

—¿Y no hace nada para no aburrirse?

—Voy al cine.

—Ah. ¿Qué actriz le gusta?

Se soslayaron otra vez con miradas densas. Leonilda oblicuamente apoyada en el pasamano del sillón, sonreía incoherentemente, entrecerrados los párpados, de cierto modo que las pupilas chispeaban una luz maligna, intolerable, tal si individualizara cada pensamiento de Karl, y se burlara de él por no ser atrevido. Manteniendo una rodilla tomada entre sus manos finas y largas, en algunos instantes aparecía ebria de su aventura, y Karl insistió otra vez:

—¿Así que se aburre usted?

—Sí.

—¿Y él qué dice?

—¿Juan? ¿Qué quiere que diga? A veces piensa que no debíamos habernos casado. Otras veces, en cambio, me dice que tengo todo el aspecto de una mujer que ha nacido para tener un amante. ¿Le parece que tengo tipo para ser querida de alguien? Y yo también me digo: ¿Para qué nos habremos casado?

Eugenio recurrió al cigarrillo. Había observado que la inquietud se descarga subconscientemente en algún ínfimo trabajo mecánico. Rechupó lentamente el cigarrillo hasta llenarse la boca de humo, luego lo lanzó lentamente al aire, y, con voz sumamente tranquila, ya dueño de sí mismo, le preguntó:

—¿Y nunca Juan le preguntó si usted no deseaba tener un amante? Mejor dicho: ¿nunca le insinuó que tuviera un amante?

—No...

—¿Y entonces para qué me ha propuesto usted hoy que viniera? Desea serle infiel a su esposo. ¿Y para eso me ha elegido?

—No, Eugenio. ¡Qué barbaridad! Juan es muy bueno. Trabaja todo el día...

—¿Y porque trabaja todo el día y es bueno, usted me invita a tomar el té en su compañía?

—¿Qué tiene de malo?...

—Efectivamente, de malo no tiene nada. Lo único es que corre el riesgo de dar con un atrevido que trate de tumbarla en la cama.

Leonilda se incorporó violenta:

—Gritaría, Eugenio, no le quede ninguna duda. Además, yo me aburro, y también trabajo todo el día. Pero me aburro entre estas cuatro paredes. Es horrible. ¿Usted sabe lo que pasa por la mente de una mujer metida todo el día entre las cuatro paredes de un departamento?

Ella se rebelaba. Había que tener cuidado.

—¿Y él no se da cuenta de lo que pasa en su interior?

—Sí.

—¿Y... ?

—Estoy cansada.

—¿Por qué no se distrae leyendo?

—Déjeme, por favor, de libros. ¡Son horribles! ¿Qué quiere que lea? ¿Puedo aprender algo en los libros?

Ahora se había arrellanado en el butacón y parecía triste a la luz confusa que teñía su epidermis de un matiz de madera.

Destapó con ansiedad sus anhelos:

—Me gustaría vivir en otra parte, sabe, Eugenio...

—¿En qué parte?

—No sé. Me gustaría irme lejos, sin saber adónde parar. Y en cambio, ¿sabe lo que hace Juan cuando llega? Se pone a leer los diarios.

—En los diarios aparecen noticias muy interesantes.

—Ya sé, ya sé... Es gracioso usted. Él lee los diarios y contesta a todo lo que le pregunto con un «sí» o un «no». Eso es todo lo que hablamos. No tenemos nada que decirnos. A mí me gustaría irme lejos... Viajar en tren, con mucha lluvia, comer en los restaurantes de las estaciones... No crea que estoy loca, Eugenio...

—No creo nada...

—Él, en cambio, no se muda de casa, sino cuando yo ya no resisto más. Parece el hombre de los rincones. Eso, Eugenio. El hombre de los rincones. Todos los hombres parece que al llegar a los treinta años quieren arrinconarse, no moverse más de su sitio. Y a mí me gustaría irme lejos. Vivir como los artistas de cine. ¿Usted cree que es verdad lo que dicen en los diarios de la vida de las artistas de cine?

—Sí..., un diez por ciento, es cierto.

—Ve, Eugenio..., ésa es la vida que me gustaría hacer. Pero eso es imposible ahora.

—Así es..., pero, ¿para qué me invitó?

—Tenía ganas de conversar con usted —movió la cabeza como si rechazara un pensamiento inoportuno—. No, yo no podría serle nunca infiel a Juan. No. Dios me libre. Se da cuenta... Si los amigos de él supieran... Qué vergüenza horrible para él. Y usted sería el primero en decirlo: «La señora de Juan lo engaña, y conmigo»...

—¿Está segura? —Eugenio no pudo evitar una sonrisa socarrona e insistió—: No sé por qué me parece que me está mintiendo.

Leonilda vaciló un instante. Giraba los ojos como si se encontrara en una altura movediza. Y, aunque Eugenio hubiera querido explicarse dónde radicaba el secreto, en aquel momento era imposible. Ella aparecía afinada por la diafanidad de una atmósfera inconcebible, como si se encontrara entre cielo y tierra.

—¿Me promete no contárselo a nadie?

—No.

—Bueno; una vez un amigo de Juan me besó.

—Y usted esperaba que él la besara.

—No; fue así..., de sorpresa.

—¿Y a usted le gustó o no?

—En ese momento me dio una rabia tremenda. Lo eché de casa. Hace de esto varios años.

—¿Y él volvió?

—No... pero usted va a pensar mal de mí.

—No.

—Bueno; muchas veces pensé con pena, por qué ese amigo no habrá vuelto más.

—¿Se hubiera entregado usted a él?

—No..., no... Pero dígame, Eugenio, ¿qué le pasa a un hombre cuando besa así bruscamente a la mujer de un amigo? De un amigo que quiere, porque él lo quería a Juan.

—Por lo general es difícil establecer lo que ocurre, si se coloca uno en un terreno metafísico. Ahora si interpreta la cuestión desde un punto de vista materialista, lo que debía pasar es que ese hombre se sentía excitado en su presencia y, posiblemente, usted se daba cuenta. Y más probablemente es que usted deliberadamente haya contribuido a excitarlo. Usted es uno de estos tipos de mujeres que les gusta enardecer a los amigos del esposo.

—Eso no es verdad, Eugenio…, porque ya ve… entre nosotros no pasa nada…

—Porque me domino.

—¿Usted se domina? Pues no me pareció.

—De allí que me haya invitado a tomar té. Pero sí, me domino y, además, me divierto cuando me domino.

—Se divierte…, ¿de qué modo?

—Observándolo al otro. Es algo así como el juego del gato con el ratón. La miro a los ojos y veo en el fondo de ellos la tormenta del deseo y del escrúpulo.

—Eugenio.

—¿Qué?

—¿Le va a contar a su señora que yo lo he invitado a tomar té?

—No… porque estoy separado de ella. Y, aunque no estuviera separado, tampoco le contaría, porque a ella le faltaría tiempo para írselo a contar a sus amigas: «¿Saben que la mujer de Juan lo invitó a mi esposo a tomar té a solas con ella?…»

—¡Qué perversa!

—De ningún modo. Es una mujer honrada. Todas las mujeres honradas son más o menos como ella. Más o menos impúdicas y más o menos aburridas. A momentos les gustaría acostarse con los hombres que las encaprichan; luego retroceden y ni con el mismo marido casi se acuestan.

—¿Y qué pensó usted cuando lo invité a tomar...?

—Cuando usted me invitó, yo me rehusé; luego pensé inmediatamente: fui un estúpido en no aceptar. Si me invitara otra vez, aceptaría. Cuando usted insistió en que entrara, experimenté una gran emoción y curiosidad...

—Siga..., siga..., me gusta mucho escucharlo.

—Curiosidad y emoción. Eso. Aventura futura. Pensé mientras caminaba a su lado. Hace mucho tiempo que no me acuesto con una mujer casada, y sobre todo con la esposa de un amigo.

—Usted es un bárbaro. No le permito que diga eso.

—Me callo entonces.

—No; siga.

—Bueno; como le decía, ¿en qué íbamos?... en estos últimos años me he dedicado al amor espiritual..., es decir, al amor de las jovencitas. No me explico por qué dicen que las mujeres jóvenes son espirituales.

—¿Se enamoró de alguna?

—Oh, no, pero tuve pequeñas tenidas que me han demostrado que las más inteligentes son de una estrechez mental espantosa. Por ejemplo, vea: vez pasada conozco a una jovencita, medio literata y medio tuberculosa. Vamos a tomar un café juntos; a los cinco minutos me hablaba de sus pijamas de colores, de sus manos «marfilinas y pálidas», del tabaco rubio y de la música de Debussy... ¿Sabe lo que hice? Pues paré en seco sus confidencias de arte trascendental, preguntándole si menstruaba con regularidad y si movía todos los días el vientre...

Las carcajadas de Leonilda resonaban estrepitosas.

—Eugenio... Eugenio..., usted es un perfecto salvaje.

Karl continuó:

—Ella no se enojó, y, como la vi tan flaquita, me dio lástima. Resolví ayudarla. Le preparé un programa de vida magnífico... gimnasia sueca, frutas cítricas en el desayuno, y créamelo, Leonilda... hasta llegué a preocuparme no solo de si hacía sus necesidades todos los días, sino de la misma naturaleza de sus excrementos, diciéndole que el excremento ideal era aquel que presentaba toda la apariencia de una compota de manzanas.

—Eugenio, cambie de tema...

—No, Leonilda... quiero que vea qué buen corazón tengo. No es el de un salvaje. Le decía a esa muchacha: primero tenés que aumentar diez kilos y después perder la virginidad. ¿No opina, Leonilda, que las mujeres desde los catorce años debían tener derecho a acostarse con quien se les diera la gana?

—¿Y los hijos?...

—Se evitan, Leonilda. Pero es horrible obligarla a una mujer a custodiar su propia virginidad... Bueno, el caso es que esa muchacha encontró poco espirituales mis lecciones y me abandonó, posiblemente por un hombre de pelo rizado, que había leído a Jean Cocteau y usaba guantes color patito.

Mientras Karl hablaba, Leonilda se decía:

«Qué charlatán es este hombre.» Pero cuidando de no exteriorizar un súbito mal humor que se le desperezaba entre los nervios, estiró un brazo para arreglar una flor de trapo en su florero, y dijo:

—¿Contaba usted, Eugenio?...

—¿Se aburre?

—¿De dónde saca eso, Karl?

—Cuando menos estaba con el pensamiento en otra parte.

—Tiene razón, Eugenio. Me acordaba de lo que usted pensó cuando nos encontramos.

—El primer impulso, como le contaba, fue el de encontrarme al principio de una maravillosa aventura. Cuando menos de una aventura turbia. Por otra parte, es en cierto modo agradable eso de correr el riesgo que el marido y el amigo lo maten a uno de un balazo. Y quizá ni eso. Qué le parece a usted... ¿Juan sería capaz de matarme?

—No..., creo que no. El pobre se llevaría un disgusto...

—Ya ve... nosotros los maridos modernos ni somos capaces de retorcer el pescuezo a un canalla que nos roba la mujer. Cierto es que esto de no retorcer el pescuezo a la cónyuge es una conquista del pensamiento y de la civilización... pero, de cualquier forma, a veces es agradable asesinar a alguien... en nombre de una superstición. Y, además, Leonilda, si Juan no la matara a usted ni a mí, no lo haría por bondad, sino simplemente comprendiendo que al ponerle usted unos cuernos grandes como una casa, no hacía sino tomarse un poco de justicia por su mano...; pero, volvamos al punto de partida...; cuando entré, yo pensaba de qué modo iniciaría la comedia amorosa con usted... besándole la mano o tomándole un seno.

—Eugenio...

—Eso era lo que pensaba.

—No le permito...

—Ahora es usted la que hace la comedia...

—Bueno..., pero no hable así.

—Perfectamente... suprimida la descripción de la sección masaje.

—Eugenio...

—Leonilda... Usted no me deja expresar con coherencia.

—Hable decentemente.

—El caso es éste. Cuando entramos yo esperaba que usted se pusiera a bailar y me dijera: «vea, qué valiente soy, hoy he resuelto ponerle cuernos a mi marido». Yo deseaba que me dijera eso, Leonilda. O que, desprendiéndose la bata, me dijera: «Béseme el nacimiento de los senos». O, si no, «arrodíllese aquí, a mis pies, y apoye la cabeza en mis rodillas». También cuando entró... durante un instante, dije: «qué maravilloso sería si apareciera desnuda, pero envuelta en una robe de chambre».

—Pero usted está loco...

—Leonilda.., son suposiciones...; yo no digo que usted debió hacer forzosamente eso, ni nada parecido... me limito a insinuar qué agradable hubiera sido que ello ocurriera...

—Gracias a Dios.

—Ya sé... no ocurrió... Cuando entramos, usted me dijo: «me aburro», y entonces, créame, el alma se me cayó a los pies.

—¿Por qué?

—No sé. Instintivamente usted y Juan me dieron lástima.

—Lástima..., lástima él...

—Y usted —ahora Eugenio caminaba de un rincón a otro del escritorio—. Claro; me dio lástima. Vi su problema..., y su problema era el de todas las mujeres casadas. El esposo continuamente en la oficina; ellas eternamente solas, entre las cuatro paredes que usted contaba.

—No tenemos nada que decirnos, Eugenio.

—Y es natural, Leonilda. ¿Cuántos años hace que se casó?

—Diez...

—¿Y usted quiere tener algo nuevo que decirle a un hombre después de vivir diez años, o sean tres mil seiscientos días con él?... No, Leonilda... no...

—Él llega, se arrincona en ese sillón y lee sus diarios. Los diarios son la quinta pared de esta casa. Nos miramos y no sabemos qué decirnos, o lo sabemos de memoria...

—No cuenta nada nuevo usted. Eso ocurre entre todos los matrimonios y entre novios también. Los novios se aburren tremendamente; cuando no son estúpidos por demás. Y usted y yo, Leonilda, si nos tratáramos mucho tiempo terminaríamos por encontramos en la misma situación.

—Es posible...

—Me alegro de que lo crea, Leonilda. En realidad, conocer a una mujer es una tristeza más. Cada muchacha que pasa por nuestra vida nos oxida algo precioso adentro. Posiblemente cada hombre que pasa por la vida de una mujer destruye en ella una faceta de bondad que otros dejaron intacta, porque no encontraron la forma de romperla. Estamos a la recíproca. Somos una buena cáfila de canallas...

—Usted no cree en nada.

—¿Quiere que crea en usted, Leonilda, acaso?

—¿Y la vida será siempre así, entonces?...

—Y, ¿cómo quiere usted que sea?

—No sé... no sé... es decir, que todos los matrimonios se llevan como Juan y yo.

—Más o menos, el noventa y nueve por ciento...

—¿Y qué hacer entonces?...

Hasta esta altura, la conversación se había desarrollado en un ritmo tranquilo y avieso; mas de pronto una magnitud de emoción estalló en Karl. Brutalmente tomó a la mujer de una mano, la impulsó hacia él y la besó en el rostro. Ella rehuía sus labios. Él la soltó, mirándola afectuosamente, dijo:

—Te besé porque sos una pobre mujercita. La eterna mujercita que cree en las pavadas del cine. Mírame a los ojos. —Ella se había retirado hacia su butacón, enrojecida de vergüenza—. Ya ves. Estoy limpio de deseo. Trate —dejó de tutearla— de quererlo a Juan. Él es un hombre bueno. Yo también soy un hombre bueno. Todos somos hombres buenos. Pero de cada uno de nosotros se burla alguna mujer, de cada mujer en alguna parte se burla un hombre. Estamos como le dije antes: a la recíproca.

Uno frente a otro, casi tranquilos se examinaban como si se encontraran absolutamente aislados en la redondez del planeta. No tenían nada que aprender ni decirse. Karl se levantó.

—Señora, hasta pronto.

Ella sonrió ambiguamente. Cautelosamente:

—¿No se va a enojar? Cuando Juan venga esta noche le diré que usted estuvo aquí.

—¿Cómo? ¿Le va a decir?

—¿Hemos hecho algo malo acaso?

—Tiene razón. Hasta pronto.

Leonilda, sin moverse del sofá, lo miró avanzar, dándole la espalda, hacia la puerta de madera maciza.

NOCHE TERRIBLE

Distancia encajonada por las altas fachadas entre las que parece flotar una neblina de carbón. A lo largo de las cornisas, verticalmente con las molduras, contramarcos fosforescentes, perpendiculares azules, horizontales amarillas, oblicuas moradas. Incandescencias de gases de aire líquido y corrientes de alta frecuencia. Tranvías amarillos que rechinan en las curvas sin lubrificar. Ómnibus verdes trepidan sordamente lienzos de afirmados y cimientos. Por encima de las terrazas plafón de cielo sucio, borroso, a lo lejos rectángulos anaranjados en fondos de tinieblas. La luna muestra su borde de plato amarillo, cortado por cables de corriente eléctrica.

Ricardo Stepens no olvidará jamás esta noche. Y es probable que Julia tampoco, pero por distintas razones que Ricardo.

Él se ha detenido en la vereda, con un pie sobre el mármol del zaguán, la mano derecha en la escotadura del chaleco y los labios ligeramente entreabiertos. Un foco ilumina con ramalazo de aluminio las tres cuartas partes de su rostro, y el vértice de su córnea brilla más que el de un actor de cine. Sin embargo, su corazón galopa como el de un caballo que va a reventar. Y piensa:

«Es casi lo mismo cometer un crimen», al tiempo que Julia tomándole de un brazo repite satisfecha:

—Cómo van a rabiar las que yo sé. —Luego calla, regustando su satisfacción elástica y profunda. Le parece mentira haber esperado durante tantos meses la ocurrencia del suceso que se llevará a cabo mañana y que anheló tan violentamente durante años y años, llorando de congoja y envidia en su almohada de soltera, cada vez que se casaba una amiga suya. Ahora le ha llegado a ella también el turno. Realidad tan terrible y sabrosa de paladear, como una venganza. Ella no piensa en el que permanece allí a su lado, sino en sus amigas, en lo que dirán sus queridas y odiadas amigas. Y quisiera lanzarse a la calle, a preguntarle a gritos a los transeúntes:

—¿Se imaginan ustedes lo que dirán Elsa... y Sebastiana... y María?...

Stepens, sardónico, adivina el curso de los pensamientos de la mujer, y se dice: «Julia se casaría conmigo aunque fuera un asesino», y en voz alta, amistosamente, inquiridor, lanza su frase:

—¡Si supieras qué feliz me hace saber que te hago tan dichosa!...

—Querido...

—Y estoy contento de casarme con vos, Julia. ¡Oh!, muy contento. Me has atrapado como a una criatura... y estoy contento de comportarme como un imbécil en tu presencia. Sé que vas a dominarme por completo, que te obedeceré como un esclavo...

Stepens descubre un placer agrio y malévolo en humillarse así ante esa mujer que lo observa con ojos fríos mientras sus labios sonríen para despistar el trabajo de su observación. Julia murmura:

—No digas eso.

—Ansío tu dominio, y vos precisamente tenés el temperamento de mujer que se necesita para tiranizar a un hombre de tan poco carácter como el mío. Lo que aún me queda de voluntad lo disolverás como el ácido nítrico disuelve el hierro.

Cada vez que Stepens se expresa de esta forma, en Julia se produce una modulación de sensualidad repugnante, profundamente desagradable. Al mismo tiempo la sensación la atrae, como si ese hombre despertara en su personalidad un yo monstruoso. Mas ya no queda tiempo para elegir. Mañana podrá, por fin, gritar su victoria y cambiar una mirada definitivamente agradecida con la cómplice madre que la ayudó mediante su experiencia a atrapar a este calenturiento, que susurra junto a ella:

—Te lameré los pies como un perro...; obedeceré tu más mínimo gesto...

Julia contempla las lejanas líneas horizontales amarillas, las oblicuas verdes, las perpendiculares rojas. Es ésta su última noche de novia. Puede dominarlo a Stepens por la sensualidad, este erótico únicamente podrá ser encadenado por su sexo y durante un instante se dice:

«Sí, le destruiré la voluntad... me obedecerá y pobre de él si me resiste.»

Bajo el foco eléctrico pasa un automóvil de carrocería achocolatada. El aire se impregna de olor a nafta y aceite quemado.

Ricardo, por decir algo, murmura:

—El carburador no funciona bien —pero al mismo tiempo se repite:

«Es casi lo mismo cometer un crimen», y tomando la mano de Julia se la lleva despacio al rostro, aplasta la palma de la mano encima de sus labios y la besa largamente.

Son las once...

Ricardo Stepens no olvidará jamás esta noche, decorada en la altura por contramarcos de gases fosforescentes y locomotoras de lámparas eléctricas que ponen agujeros negros o soles violetas entre las constelaciones rosa de otros letreros luminosos que antorchan permanentemente las crestas de la ciudad capitalista con sus estructuras de castillos de hadas.

Julia apoya una mano sobre el hombro de Ricardo. Lo examina tan profundamente, que Ricardo tiembla por su secreto. Tiene la impresión de que el rostro de la mujer ha enrigecido en las tinieblas.

Habla ella:

—Es nuestra última noche de novios. Mañana a esta hora...

—Estaremos hace cuatro horas camino de Montevideo... Y entonces tú, Julia, tomándome de un brazo me dirás: «¿Querías que te destruyera la voluntad y te convirtiera en un esclavo, no?...»

—Querido... me desagrada que hables así. Seremos compañeros.

Stepens hace un esfuerzo para ocultar su sonrisa canalla, y murmura hipócritamente:

—Tenés razón. Seremos compañeros. Qué hermosa es esa palabra. —Cambiando de tono vuelve sobre el viejo tema—: Sebastiana y María se pondrán verdes de rabia...

Con falsa ecuanimidad, reflexiona Julia, arteramente:

—Déjalas a las pobres. Hay que compadecerlas.

Goloso como un gato que juega con un ratón, insiste Stepens:

—No me negarás que te envidian...

—Véanlo al presuntuoso...

Una voz interior habla en Ricardo:

«Sos un canalla y un monstruo. Necesitás excavar más profunda la herida...»

Para alejarse de este reproche, Stepens comenta:

—¡Cuántos regalos llegaron!

—¡Y los que tienen que venir!... —Julia reflexiona. Después—: Es tan necesario todo en una casa. ¡Pero qué pálido estás!...

Ricardo escoge la mentira. Ella no puede adivinarla. Lanza:

—Es el deseo. Un deseo terrible. Me duele el bajo vientre, querida —como un ebrio se apoya en ella; la toma de la cintura y, apretando el semblante contra su rostro, le levanta el mentón hacia su boca y susurra—: ¿Te das cuenta?... Mañana.

Julia apoya delicadamente una mano en el sexo del hombre.

Resuenan pasos en la vereda y se apartan. Desaparece el transeúnte y él se derrumba verticalmente sobre ella, trabajosamente mantiene entreabierta su ropa; ella lo oprime y lo acerca a su centro y de pronto él eyacula en el aire.

El espacio se llena de gemidos entrecortados:

—Querida... queridita...

—Callate... ¡ah!... querido...

Como a través de una neblina, ellos miran apagarse y encenderse una estrella compuesta de rayas verdes. La fosforescencia de cocuyo filtra en la oscuridad distante cierta frigidez de aire líquido. Permanecen abotargados. Julia, pasando suavemente el brazo por la cintura del hombre, casi soliloquia.

—¿Te imaginás oyéndome llamar señora? Estoy tan acostumbrada a que me llamen señorita...

Ricardo, haciendo un esfuerzo tremendo aparta la atención de la lejana araña verde, y contesta como a través de un sueño, con la boca pastosa:

—Te llamarán señorita, y vos dirás: «No, soy señora... la señora de Stepens». —De pronto la comedia se torna insostenible y Ricardo siente que su corazón desfallece de la misma manera que cuando tiene que sentarse en el sillón de operaciones del dentista. Cierra los ojos y apoya la cabeza en el hombro de Julia. Ella observa, sus dedos se apoyan en el relieve de su nariz, se dilatan abarcando los cartílagos y le frotan la mejilla. Ricardo dice:

—Quisiera dormir. Estoy cansado. Estoy tan cansado como no te podés imaginar. Tengo todos los nervios rotos.

—Yo te haré dormir. Y te diré: Dormí, chiquito mío. Y vos te dormirás, ¿no es cierto, amor?

Stepens, con la cabeza caída en el hombro de la mujer, contempla la distancia. Hay una remota encrucijada de calles. La voz misteriosa exclama dentro de él:

«Es casi lo mismo cometer un crimen.» Frío de hielo le sube por la pantorrilla. Se incorpora rígidamente. Julia insiste:

—Estás un poco pálido. Descansá. Ved. Quiero darte, antes de que te vayas, mi último beso de novia.

Las dos cabezas se entrecruzan. Y, mientras ella aprieta sus labios sobre los suyos, Ricardo piensa:

«¡Qué segura de sí misma es esta mujer! ¡Qué firme!»

—¿Estás contento, querido mío?

—Me voy. Me voy. Si me quedo un minuto más, perderé el control de mí mismo.

—Andate. Descansá bien. Pensá en mí. Levantate temprano, que a las once...

—A las nueve estaré aquí.

—Hasta mañana, gran amor.

«ES COMO UN CRIMEN»

Al doblar el automóvil en la esquina, Stepens distingue la mano de Julia saludándolo. Cierra los ojos, y doblando el cuerpo sobre el asiento trasero, permanece como semiadormecido. Su corazón trabaja con altísima tensión.

Por momentos los latidos se precipitan en avalancha, luego decrece el trabajo de la bomba de sangre, y el toc-toc se podría transmitir telefónicamente a larga distancia.

Stepens se asfixia en el interior del coche. Gira la manivela del cristal. La ventanilla baja. Una bocanada de aire húmedo le refrigera la frente. Suspira profundamente. Luego:

—¿Dónde dije que fuera, chófer?

—A Belgrano...

—No, hombre. Vamos al centro.

—¿A qué parte?

—Adonde se le dé la gana.

De la boca de una farmacia escapa un dilatado hedor de yodoformo. Penetra en el coche.

La lamparita del tablero de instrumentos lo deslumbra. Cierra los ojos. Piensa: «Es casi lo mismo que cometer un crimen».

Su corazón galopa nuevamente. Le parece ir cruzando una llanura, espoleando un caballo. Tiene prisa por llegar. ¿Adónde?

Al crimen.

El embrague del auto rechina en la brusca frenada. Stepens distingue un quiosco gris, luego una dorada vidriera de café.

—Pare aquí, chófer...

—Estamos en Almagro.

—No importa. Pare aquí.

Abona el viaje. Entra al café. Se sienta a una mesa. Mira en redor. Está bajo un plafón de yeso con filetes dorados, que soportan frías columnas jónicas, de mármol jaspeado con motas de oro y ceniza y mostaza. Un friso de espejos ciñe la pared artesonada de cuadros de cedro. Cada espejo es un embudo rectangular de encendidos cristales escalonados. Una solapa morada se inclina hacia él:

—...

—Café...

—¿Café?...

—Sí; café y una jarra de agua.

Entrevé un gesto despectivo. Nuevamente la solapa morada se inclina hacia él, una jarra de metal plateado se apoya en la mesa y ahora bebe ávidamente. Se desprende el nudo de la corbata, piensa que pueden confundirlo con un criminal, y se ajusta el nudo. Bebe un vaso de agua. Otro. Otro. Suspira profundamente. Descansa algunos minutos. Paladea el café. Enciende un cigarrillo. Mira las chicas de la orquesta. Vuelve el respaldar de la silla al salón, de manera que se queda mirando la calle. Una voz automática repite en él: «Es casi lo mismo cometer un crimen».

Su espina dorsal se dobla. Una sensación muelle se le arquea en el estómago. Traga humo. Echa humo. Desparrama la ceniza del cigarrillo sobre el mármol de la mesa. Por instantes entrecierra los ojos, luego los abre; un gran descanso llueve desde el plafón a sus miembros. Descubre que está mirando un atril niquelado que soporta un gorrito de mujer.

Lentamente la voz se desenvuelve en él, como el extremo de un carrete de cuya punta estuviera tirando un diablo.

Y se repite:

«Mañana me casaré... esto es evidente. Me casaré si esta noche no reviento o escapo. Cortar decorosamente es ya imposible. Mis camaradas han hecho una suscripción, han llegado regalos... mañana recibiremos nuevos obsequios...: el eterno juego de té y licores; los cubiertos raros para comer pescados o espárragos... Es maravilloso... ¿Qué diría, por ejemplo, una pareja, si le regalaran un irrigador o un anticonceptivo?»

No puede retener la risa y se retuerce solo en su asiento, mirando el tablero de su mesa.

—¿Llamaba el señor?

Stepens mira la solapa morada de mala manera y hace un gesto negativo. La solapa morada desaparece:

«Qué estúpida es la gente. No se ha acostumbrado a ver cómo sonríe un hombre. Parece que fuera obligatorio estar acompañado para reírse. Pero sí ¿por qué no se acostumbrará a regalar irrigadores en las bodas? De cualquier modo es imposible cortar decorosamente. ¿Qué pretexto inventar para dejarla a Julia? No puedo alegar que no es virgen, porque aún no me he acostado con ella. No puedo jurar que tiene mal carácter, porque es más dócil que un guante de seda. ¡Oh! la hipócrita. ¿Dócil? ¿Cuántos amantes habrá tenido? Se domina perfectamente. Me recuerda a esos astutos animalitos, excesivamente castigados por el hombre y que, por ser astutos, descubren al final la técnica para devorar a su enemigo.

»Cierto que lo que pienso ahora pude haberlo pensado antes... aunque a decir la verdad mis conjeturas son antiguas. Es inexplicable cómo he permitido que mi situación se agravara hasta semejante extremo.

»He aquí el misterio. ¿Por qué? Supongamos que se me condujera ante un honorable consejo de familia. ¿Qué respondería a los interrogantes que plantea mi propósito? De cualquier manera estoy divagando, porque a nadie es posible hacerle consejos de familia por tan ruines bagatelas. Suponiendo que pudiera responder algo, contestaría que "casarme" era una palabra desprovista de sentido para mí hasta el momento en que me vi abocado a la realidad de saber que tendría que convivir con una señorita que mayormente no me produce ni frío ni calor. Este caso guarda cierta similitud con aquel en el que se conversa de la muerte... ¡Qué distinto es divagar apoltronado en cualquier parte, frente a una taza de café, que no se teme la muerte!... ¡Qué desemejante con el acto de morir físicamente... perpetuamente!...

»De cualquier modo, tengo que irme...; irme sin avisar... sin dejar rastros... como si hubiera cometido un crimen.»

Ahora Stepens reposa con ademán incoherente. La fatiga anterior ha desaparecido. Se siente cómodo como en un baño de vapor. El confort del plafón de yeso con filetes dorados, lo penetra. Bebe a sorbitos un vaso de agua y observa burlonamente las mujeres envueltas en tapados de pieles que pasan tomadas del brazo de sus hombres. Éstos, adormecidos, las remolcan, con el cuello del sobretodo levantado.

Stepens mira pensativamente esas parejas ignotas y se dice:

«¿Qué objeto tiene reproducir uno de esos grupos somnolientos? Esa gente va directamente a la cama. Los machos se quitarán lentamente las medias, algunos, los más refinados, se meterán los dedos de las manos entre los dedos de los pies, y, retirándolos lentamente de las narices, les preguntarán a sus medias naranjas con perplejidad semicientífica:

»—Qué curioso. ¿Por qué olerá como el queso? —y ellas, al tiempo que entre bufidos se quitan las fajas, responderán con el pensamiento en otra parte:

»—Puercazo... si huele como queso, es porque no te bañás.»

La calzada de asfalto refleja en su pulimento de humedad, alternativas franjas rojas y verdes. Son los focos traseros de los automóviles. Entre los rieles y las ruedas de los tranvías chisporrotean llamaradas azules.

Stepens muerde un terrón de azúcar, y continúa soliloquiando:

«Innegablemente, soy un hombre de naturaleza sensible. Humano. Otro en mi lugar, desaparecería sin más trámites; yo, en cambio, sufro sofocones y me apiado de Julia. Cierto que, a pesar de compadecerla, me voy. ¿Entonces para qué me ha servido ser dueño de una naturaleza sensible? Parece una ironía, pero la única ventaja que reporta una naturaleza sensible, es demostrarnos que somos lo suficientemente fuertes para dominarla.

»Qué sería de nosotros si aceptáramos siempre el mandato de nuestros nobles impulsos. Mi noble impulso me arrastra a casarme con la primera desgraciada, coja, tuerta o jorobada que se me cruza en el camino. Por exceso de sensibilidad, me imagino esas vidas solitarias, recluidas en un altillo, volviendo al atardecer de los talleres, de las grandes tiendas, cargadas de pesados bultos de costura, y sufro... ¿Cómo no sufrir? Pero ¿acaso soy responsable de que estas mujeres hayan nacido con un fardo en la espalda, cojas, tuertas o jorobadas? No. No. No las he engendrado, ni tampoco soy Dios. Otro negocio sería si fuera Dios. ¡Nobles impulsos! Debemos aprender a defendernos de ellos, no de los seres humanos. Y en esta circunstancia, proceder sensatamente consiste en mandarse a mudar, desaparecer. Volatilizarse. Hacerse humo.

»Cierto que mi actitud no es correcta, pero en los actuales momentos ni los gobiernos pueden observar procedimientos correctos: cierto que la gente hablará, pero si yo pudiera escribir en los periódicos, le rogaría a los habitantes de este hermoso país que se pusieran una mano en el pecho y que me contestaran imparcialmente: ¿cuándo la gente no ha comentado la conducta de un prójimo? Si me caso con Julia, por ejemplo, las familias de Elsa, de Sebastiana, de María, en cotorreo de personas honestas, demostrarán que tengo precisamente la pasta indispensable para ser un excelente cornudo, y como tenía pasta para ello, he buscado la mujer que puede adornarme la frente con los más variados estilos de la tauromaquia conyugal. Incluso dirán, compungiendo un gesto y adobando una lamentación:

»—Es extraño que ese buen muchacho no haya encontrado un alma caritativa que le informara de los abortos que tuvo esa muchacha. —E incluso me mandarán la dirección de la partera... y hasta el monto de sus honorarios.

»Si, en vez de juzgarme un cretino profundo, me calificaran de redomado pillete, en la misma rueda donde en caso contrario hubieran citado los abortos de Julia, dirán ahora:

»—Bien decíamos que ese hombre era capaz de esto y mucho más. Bastaba mirarle la cara; ese gesto un poco atravesado, falso... pero si uno habla, dicen que es de envidia... —de manera que proceda de una forma o de otra, esa cáfila de narices largas y dientes postizos me despellejará sin consideración. Lo que la gente necesita es un motivo de conversación. La liebre. Luego con la liebre, ellos se preparan el guiso de su gusto...»

—¿Llamaba el señor?...

Stepens mira irritado la solapa morada, inclinada sobre él. Es innegable que el fámulo debe haberle cobrado repentinamente ojeriza, por una de aquellas misteriosas razones que hacen estallar entre dos desconocidos, al minuto de verse, el deseo de romperse a puntapiés y trompicones. Ricardo mira el reloj; son las doce y treinta y cinco minutos. Observa luego, socarronamente, el semblante del sirviente que tiene una cara redonda, con talante monástico, y le dice calmosamente:

—Usted se equivocó de profesión. Debía ser sacristán.

El fulano desencaja los ojos, estupefacto. Stepens continúa:

—No venga más por aquí hasta que no lo llame. Si no le gusta mi cara, mire la del patrón.

Espantado, el hombre de la solapa morada se retira de la mesa, y Stepens se dice:

«Es trágico, pero el mozo me mira con antipatía, porque mi corbata de un peso le hace barruntar que recibirá propina escasa.»

En fila india, salen de una portezuela situada en lo alto de un palco enguirnaldado de flores de papel y lamparitas azules y verdes, las lavanderas de la orquesta, disfrazadas de ninfas, con ridículos moños en la cintura, y brazos pecosos de fregonas. Stepens las considera casi inconscientemente, desde el fondo de sus ojos, y vuelve a su punto de partida:

«Innegablemente, soy un hombre sensible. La sensibilidad es un peligro. Conduce a extremos poco honorables. Por exceso de ingenuidad, acaso bondad falseada, pero al fin y al cabo bondad y también falta de carácter, he llegado a un extremo: tener que casarme con Julia. Un imbécil honrado por sus cuatro costados de necedad se casaría con Julia. Y lo notable es que sería feliz. Posiblemente trataría previamente de convencer a sus amigos que Julia es una de las mujeres más extraordinarias que han infestado el planeta, y si ella hubiera perdido la virginidad en un momento de apuro, él diría:

»—Sí... perdió su virginidad..., pero no es la primera ni la última. Además, ¿qué importancia tiene ese accidente en el concierto de los planetas?

»Cierto que Julia es virgen. No me lo ha mostrado con certificado médico, de acuerdo, mas me lo ha dado a entender con sus escrúpulos terribles. Tampoco puedo ocultar que mi aseveración se basa simplemente en sus palabras y mi presunta buena fe, pues el resto son hipótesis y lucha grecorromana en los umbrales del deseo. Es trágico, pero ni pretexto tengo para romper con Julia, pues sin necesidad de mayores testimonios he dado a entender a los que querían escucharme, que el recato de Julia asumía formas extraordinarias. No me cabe duda que más de un imbécil se apartó de mi lado, seguro que si me equivocaba respecto a la virginidad de esta muchacha, los astros dejarían de rodar por sus órbitas.

»¡Es trágico..., es humorístico..., pero es así! Nos debatimos en un océano de contradicciones. Si aceptamos a la mujer maltrecha por el amor de otro no falta quien nos tilde subterráneamente de cabrones consentidos; si la rechazamos, sobran los filosofastros y justicieros, que enarcando el belfo como si probaran una medicina repugnante nos motejan de absurdos retrógrados y energúmenos del prejuicio. ¿Qué hacer? ¿Qué debe hacerse con una mujer así? ¿Endosársela a un amigo? ¡Pobre Julia!... ¿Por qué no se casará con algún amigo mío?

»¡Y no es que yo tenga nada que decir de ella! No. ¡Dios me libre! Salvo esos conatos de lucha grecorromana donde un experto maliciaría un entrenamiento sospechoso, no tengo nada que decir.

»Se me oprime el corazón al pensar en las dificultades que le proporcionaré. Es dramático, mas no lo puedo impedir. Para colmo de infortunio mi sensibilidad ha reconstruido el espectáculo lastimoso... hace una semana que entreveo el formidable toletole que se producirá cuando descubran mi desaparición, y no soy un hombre feroz para regocijarme en la desgracia que le sobrevendrá a un prójimo.

»Sí, no soy un hombre feroz, y aparentemente me comporto como si lo fuera. Las apariencias me condenan, pero yo sudo sangre, y nadie lo barrunta. ¡Nadie me compadece! Es terrible, pero mañana, a las nueve y treinta, cuando Julia vea que no llego, me llamará por teléfono. La dueña de la pensión estará en el mercado y atenderá el aparato esa mala bestia de Cata, que como de costumbre ladrará que no entiende nada. ¡Es fantástico! Aunque la trompeta del Juicio Final sonara en las orejas de Cata, ella no entendería nada. ¡Es fantástico! ¿Qué tendrá esa mujer en los oídos?

»A las diez y media hablará otra vez Julia, y Cata volverá a repetir su furiosa afirmacion de "que no entiende nada y que dentro de un rato llegará la señora". A las once pedirá comunicarse conmigo la madre de Julia. Ya la "pensionera" habrá llegado y le responderá que no estoy. A las once y cuarto llegará a su casa en un automóvil el hermano de Julia, acompañado de su amigo, el boxeador. Harta la menestrala de los forasteros que merodean buscándome, y entreviendo en mi ausencia alguna descomunal pejiguera, acompañará a los dos perdularios hasta mi cuarto. Espantados comprobarán la desaparición de mi ropa y equipaje... menos un par de medias sucias..., esas medias sucias que siempre se dejan tiradas como un saldo sardónico en un rincón del cuarto, cuando se cambia de pensión. A las doce menos cuarto mis compañeros de oficina sonreirán socarronamente, regocijándose en la reconstrucción, posibilidades y motivo de mi canallería, simultáneamente felices de encontrar un tema de conversación que interrumpa la monotonía de sus vidas, y condenándome al mismo tiempo con un dejo de envidia. A la una de la tarde todos los braguetones de guardia en las comisarías de la capital archivarán con un gesto obsceno la noticia de mi desaparición. A las dos, el jefe de mi oficina, con grave talante, después de gargajear arduamente en el cesto de papeles, como si fuera a tratar un asunto de estado, perorará en el círculo de mis compañeros:

»—Un desvergonzado ha desaparecido de entre nosotros... es decir, un hombre que se burlaba bajo el sayo de la patria, de la moral y de la religión, como si patria, moral y religión no fueran el freno que perentoriamente impide que un irresponsable se convierta en un decidido bellaco. —Y así continuará hasta que bostecen disimuladamente los desdichados que se pudren a sus órdenes. El que posiblemente vomitará un pensamiento sincero será Emesto. Después de la homilía del jefe, dirá cínicamente:

»—Lo único que lamento son los diez "mangos" con que contribuí para el cheque y con los que mañana podría jugarle cinco y cinco a Colofón.

»A las tres de la tarde, Julia, tendida en la cama; los ojos hinchados como duraznos, un pañuelo empapado de vinagre y dos rodajas de papa en las sienes, recibirá los consuelos de sus amigas. Ellas, haciéndole fresco con el pañuelo, se mirarán las unas a las otras, diciéndose con ojos aterrorizados de presunciones:

»—Cada vez es más difícil cazar a estos hombres. ¿Qué debe hacerse para atraparlos?

»A las cinco de la tarde, entre graznidos de claxon, bajarán del automóvil dos perfectos animales: el hermano de Julia, esgrimiendo una pistola automática de calibre cuarenta y cinco (descargada, por supuesto), y su amigo el boxeador, dibujando en el aire rounds de sombra, al tiempo que dice:

»—Déjamelo por mi cuenta, hermano, si lo encontramos —mientras el otro, enjugándose la frente, vomitará por toda información a las amistades que habrán salido apresuradas al patio, de que en el Departamento de Policía no se ocupan de esas minucias.

»A las seis acudirá el médico de la casa, agrio y juanetudo, maldiciendo las puterías de la juventud. Avizorando intimidades de trapos sucios, desde los umbrales de sus casas, las comadres del barrio, con los brazos cruzados sobre las ubres, menearán consternadas las cabezas, al tiempo que, recatándose del oído indiscreto de las menores, se preguntarán de puerta en puerta, con fisgona sonrisa,

"¿cómo habrá quedado la muchacha después de tales trapisondas?". Y alguna madre, libre de boca, le gritará a su párvula con escándalo de las presentes:

»—Aprendé...; hacele adelantos a tu novio...; aprendé.

»A todo esto, la cocinera en la despensa, cotorreará el suceso con el almacenero, quien entre aspavientos fingidos, aprovechará el relato para escamotearle a la bobalicona doscientos gramos en un kilo de azúcar, mientras que la mujer del comerciante, sinceramente interesada en el chisme, abrirá los ojos y preguntará si los dejaban mucho tiempo solos a los novios y si "la pobrecita no habrá quedado en estado interesante".

»A las diez de la noche harán cola en la casa los sastres y remendones de la orquesta clásica y típica. Éstos, al ser despedidos en la puerta, promoverán escándalo, exigiendo indemnización y argumentando falsamente que nadie les avisó que "no vinieran porque el matrimonio había sido suspendido". A las once de la noche, una fila de automóviles detenidos a lo largo de la acera dibujarán una oscura aguafuerte de entierro, mientras que las púberes del barrio, tomadas del brazo, irán y vendrán frente a la casa, husmeando la tragedia que no se ve.

»Y en la calle, todo el mundo estará inmensamente contento, sin saber por qué.

»A las dos de la madrugada, Julia, con los párpados tan hinchados de llorar, que de desfigurada estará irreconocible, experimentará el decimoquinto vahído. A las tres de la madrugada, el hermano, esgrimiendo la pistola de calibre cuarenta y cinco (cargada ahora), jurará ante un crucifijo matarme como a un perro, donde me encuentre. La madre, tomándolo de un brazo a su amigo el boxeador, le rogará que interceda, no se produzcan mayores desgracias en la familia. La otra bestia replicará malamente que no, arguyendo que aunque tenga que domiciliarse en presidio por toda la vida y en el infierno por tres eternidades, me dejará la piel más cribada que una espumadera.

»Intervendrán las amistades, y jugaría doble contra sencillo, si entre ellas no se encuentra un lector de las novelas de Edgar Wallace. Ésta será la persona que llamando aparte al hermano y a su amigo el boxeador, le recomendará tomen una venganza clandestina y misteriosa. Entonces el fulano se guardará la pistola de calibre cuarenta y cinco pensando que al día siguiente puede empeñarla en el Banco Municipal, felicitándose de tener que cumplir una venganza misteriosa. No harán falta armas de fuego y a las seis de la mañana todos, desde el gato barcino a la vecina de enfrente, tendrán la boca seca de repetir en los tonos más diversos:

»—¿Quién iba a decir que tratábamos con un canalla?

»A las siete el lechero dejará tres botellas blancas en el umbral después de tocar dos veces el botón del timbre. El sol iluminará las fachadas de las casas, los tranvías se llenarán de gente semidormida, y Julia, blanca como una muerta, dormirá un sueño artificial de treinta y seis horas. Y a las diez de la mañana, lastimeramente el hermano hará cola entre los desdichados que empeñan prendas en el Banco Municipal, pensando que bien vale la pena de lidiar entre muertos de hambre apresurados, para tener el placer de ir a la noche con el producto de la pistola pignorada a pasar unas horas al prostíbulo de San Fernando en compañía de su amigo el boxeador.»

—Otro café, mozo.

El rostro de Ricardo Stepens se desfigura a medida que compagina sucesos futuros. Entrevé lo dramático y lo grotesco del suceso. Incluso tiene que hacer fuerza para no reírse a carcajadas, por ejemplo, cuando se imagina la cara que pondrán los músicos napolitanos, despachados por el furioso ademán de su problemática suegra.

A medida que sus pensamientos aumentan la velocidad de galope, se siente más fuerte, más dueño de sí mismo; su bellaquería se dignifica a través de la necesidad de salvar su personalidad; por momentos tiene la sensación de que está perforando los muros de la ciudad con un invisible soplete oxhídrico. Y el vigilante enfundado en su capotón, a veinte metros de la vidriera... no se entera de nada... se limita a poner un cromo azul en la claridad de sala de operaciones que abre en la ochava la niquelada quincalla de un bar automático.

De pronto, Stepens se pega una palmada en la frente:

«Pero, qué diablos..., es perfectamente lógico que ocurra todo lo que me he imaginado. No es posible pretender que una muchacha a quien se la planta con tres cuartos de narices el día de su boda, baile de alegría en el momento que se entera del suceso.» Y al tiempo que examina amistosamente el avinagrado semblante del mozo de solapas moradas, se dice: «Oh, dígase lo que se quiera, es un consuelo pensar con lógica».

«¿Y SI ME CASO?...»

Ahora Stepens camina a lo largo de fachadas grises, que encajonan veredas silenciosas, rayadas por las siluetas de árboles, que lanzan a través de los follajes los globos del alumbrado eléctrico. Cruza bajo bóvedas de árboles, cuyos troncos torcidos simulan paralizados ademanes de un desesperado, pasa junto a cortinas metálicas corridas y en la muda cesación de vida de la noche, él está contento. Entrevé la liberación.

«Supongamos que me quede... me case. Mis veinticinco años se convertirán rápidamente en cincuenta y los cinco mil pesos que ingenuamente puse en un banco para "los malos tiempos", se derretirán como la nieve al sol... Menos mal que fui prudente y no compré muebles, su pretexto que los primeros meses los podíamos pasar en un hotel. Realmente, tienen razón los libros sagrados de todos los países cuando dicen que el hombre no se arrepiente jamás de ser prudente. Soy un hombre prudente, y la prudencia es un galardón. Además de sensible, prudente. Cuántas virtudes me descubro esta noche, Dios mío. Soy lógico, sensible y prudente. Y sería un hipócrita si no confesara que me admiro a mí mismo. Sin embargo, no se trata de divagar, sino de establecer: ¿Y si no me voy y me caso? Julia me quiere. Esto es innegable. Cierto es que no ha podido darme ninguna prueba de ese amor que siente hacia mí, pero en esa dirección ha procedido cautamente, porque cuando una mujer da pruebas de amor, le es dificultoso sostener que no se las ha dado con prioridad a otros, y entonces...

»¿Casarse? Casarse es una forma de suicidarse. Y yo no estoy dispuesto a morir; todavía quiero vivir. Cierto que Julia me quiere, pero Julia a su edad, al mismo diablo está dispuesta a jurarle amor eterno. Y si me quiere, es con un amor natural y simple. De la misma manera podría querer a un hombre distinto a mí. Yo soy alto, pero si fuera bajo, Julia me querría lo mismo, soy rubio, pero si tuviera el pelo renegrido me querría también. Mis dos piernas funcionan perfectamente, pero si fuera rengo me querría lo mismo, porque lo que ella necesita no es un determinado hombre, sino el hombre..., cualquier hombre. Pensarlo resulta trágico... pero, ¿acaso soy yo el culpable? En cierto modo sí; porque al fin y al cabo, no debí permitir que las cosas llegaran a este punto. Mas ¿fui yo o fue ella quien encaminó los sucesos en semejante dirección?

»Dios mío!... Nos conocimos en cualquier parte. Fue un baile; sí, un baile. Cuando quise acordarme, ella me había aislado en la fiesta; cuando nos despedimos me presentó al hermano y a la madre; al día siguiente me habló por teléfono, no sé con qué pretexto; a los cinco días me invitaban a tomar té; una semana después tuve que ir para examinar ciertos negativos que no sé qué cosa rara tenían. A la semana, ella, el hermano, la madre, el amigo del hermano, querían convertirse en mis hoteleros, surtirme diariamente de viandas.

»¡Oh, es simplemente maravilloso!

»Me invitaron tantas veces, que fui...; fui con esta tremenda cara de idiota que Dios me ha dado.

»Fui sencillamente, ingenuamente. Me atracaron de ñoquis y capelletis. Todo el repertorio de las hermosas pastas italianas. Me convidaron con exquisitos licores. Hubiera sido una crueldad negarse a comer o a beber allí, máxime si se tiene en cuenta que los manjares habían sido exquisitamente cocinados en puro aceite de oliva y ofrecían un máximo de garantías para mi estómago delicado.

»Me convertí en un habitual frecuentador de la casa. Mi timidez me impedía faltar. Cuando recuerdo, se me enrojece el rostro de vergüenza... Allí jamás ni el palco del cine me permitieron pagar. El que obsequiaba los palcos era el hermano. Este tampoco los compraba, sino que a él se los regalaba un compinche, el boxeador. Incluso llegaron a querer presentarme al sastre de la familia, y abrirme un crédito..., pero por prudencia rechacé semejantes operaciones comerciales... Y este noble gesto mío me enalteció ante los ojos de la familia, que comenzó a presentarme a sus amistades, con ese ambiguo gesto con que se exhibe a una larva de marido. En compensación de no haber aceptado el crédito, reconoceré que diezmé tremendas fuentes de tallarines, agoté innúmeras parrilladas de bifes de ternera; por mi gaznate pasaron litros y más litros de café y licor y un repostero se vería verde para calcular los kilos de masas y cremas que despaché, a pesar de tener el estómago sumamente delicado.

»¡Lo que es la codicia humana!

»Yo, que al principio creí me regalaban de tal manera por mi bonita cara, descubrí en breve tiempo que si esa dadivosa familia me trataba a cuerpo de rey, se debía a que albergaban profundas esperanzas de convertirme en legítimo esposo de la niña llamada Julia.

»Y cuando me presentaban como novio de la "nena" hubiera podido decir: "No, señora…; no soy el novio de su hija, sino una simple amistad, a quien ustedes atienden muy amablemente", pero no me atreví. Mi ingénita timidez me obligó a proceder mal. Me creo obligado a aceptar que muchos, puestos en mi dificultoso caso, hubieran procedido lo mismo, porque ¿cómo es posible, sin herir susceptibilidades, desmentir una presentación como la que dejo consignada?

»Si faltaba un día a la casa, me hablaba por teléfono el hermano (el de la pistola automática de calibre cuarenta y cinco), después su amigo el boxeador, después la madre, más tarde Julia.

»Un día la madre, revolviendo en su memoria fojas de gloria para los archivos caseros, recordó incidentalmente que su hijo era un héroe. "Francisco es un hombre de un genio terrible", me decía. "Usa una pistola automática de calibre cuarenta y cinco y casi mata a un hombre el otro día." Después de esta cordial referencia a las virtudes que hermoseaban el carácter de su primogénito, me insinuó que vería con sumo agrado que le "diera los anillos a la nena. Francisco se pondría muy contento y su amigo el boxeador también". Cuando argüí que carecía de dinero, la señora no solo que no se afligió, sino que se alegró, y al día siguiente me regalaba los anillos, diciéndome:

»—Julia no sabe absolutamente nada de este regalo que le hago. Ofrézcaselos, que la pobrecita se va a morir de alegría.

»El escepticismo es un vicio peligroso.

»Tres días después le "regalaba" los anillos, deseando comprobar si Julia se moría de la sorpresa, pero no ocurrió tal. Ese día ella se atracó con una cantidad de capelletis, tan desmesurada, que estoy seguro hubiera puesto en peligro la vida de otro ser menos espiritual. No negaré que, insensiblemente, con la robusta ayuda de la dueña de casa, de su hijo, del amigo de su hijo, el boxeador, que obstinadamente quería convertirme en un pugilista, me fui acostumbrando a la idea de constituir una parte integrante de esa honorable casa.

»Edifiqué mi sueño.

»Era el mío, si se me permite la frase, el pesadillón de un desocupado en trance de convertirse en padre tornero de un convento. Transcurría siestas interminables, despatarrado como un cerdo en fuentes más vastas que los lagos de Palermo, y cargadas de pequeñas montañas rusas de tallarines. Cuando me acuciaba el deseo, por valles de lomos de ternera, avanzaba hasta una especie de catedral de crema de leche y zambayón congelado. Bajo una cúpula de crema de chocolate, en una nívea cama de repostería, me aguardaba Julia. Caía en sus brazos, luego me apartaba y en un crepúsculo verdoso de roquefort, lento como un gusanazo avanzaba hacia una loma de ravioles o un monte de ñoquis.

»Tales eran las perspectivas intelectuales que decorarían mi existencia junto a Julia. No alardearé de ser un hombre delicado, pero no puedo ocultar que casarme con Julia en esa circunstancia me producía más repugnancia que convertirme del día a la noche en dependiente de una carnicería.

»Su hermano, el hombre de la pistola automática, calibre cuarenta y cinco, era un excelente imbécil... de manera que, dentro del tiempo y del espacio, ese negocio marchara perfectamente, si, para mis desdichas, la mala suerte a través de la lotería no me favorece con un premio de cinco mil pesos. La familia, después de felicitarme, se creyó obligada a darme a entender que ahora no quedaba ningún pretexto para no firmar mi sentencia de muerte... y yo... acosado por la madre, las amigas, Julia, su hermano, el amigo de su hermano, el boxeador, dije que sí..., y fijé fecha.

»Y ahora heme aquí ante el terrible trance.

»Si me caso, dentro de quince días volveré a la oficina. Los amigos me examinarán el rostro, para deducir por la profundidad de las ojeras los estragos que he hecho en mi luna de miel. Luego... aquí no ocurrió nada y a deslomarme como siempre, que el ser jefe de familia no le autoriza a trabajar menos a uno. Dentro de nueve meses tendré un hijo y dentro de un año haré también lo que hacen todos los hombres casados: mirar a las otras mujeres y cometer sus pequeñas infidelidades. Algunos no esperan un año para cometer "sus pequeñas infidelidades".

»Dentro de dos años no cometeré pequeñas infidelidades, sino sabrosos adulterios, actitud que no me impedirá despotricar contra los inmorales que se pavonean con una querida ostensible. Ni vicios ni hipocresía me impedirán ser simultáneamente un buen padre y en rueda de amigos elogiaré espontáneamente a mis hijos, porque al ventosear ruidosamente o inundar la cuna de pis compiten con los del vecino. A su vez, mis amigos encomiarán las excelencias de su progenie por revelar una bestial capacidad para desgañitarse gritando o defecar espesamente. Cuestión de gustos. Luego eructando las anchoas del vermut, acariciaremos con los ojos, desde la ventana del café, las pantorrillas de las mujeres que pasan, y como no se tratará de nuestras hermanas, ni nuestras esposas, con la fácil filosofía de los burgueses satisfechos de su encanallamiento, diremos que todas las mujeres son unas putas.

»Y la vida pasará así. ¡Oh, sí, así! Podemos felicitarnos. Julia, a su vez, me narrará chismes respecto a sus amigas, la última camorra de Mengana con su esposo, el aborto de la mujer de Fulano. ¡Delicioso!

»Iremos al cine los días de moda. Ella, silenciosamente, admirará al babieca fotogénico de más actualidad entre los ovarios de la presente sociedad femenina. Me comparará con ciertos galopines de película y descubrirá que soy viejo, desagradable, feo, tosco; como yo por mi parte, llegaré a la conclusión que sería cien veces más agradable acostarse con Kay Francis o Joan Crawford que meterse bajo las sábanas en su compañía.

»Cuadro de nuestra vida. Gris como el fondo de un hornillo. Pensaremos disciplinadamente con el almacenero de la esquina y el tenedor de libros de la media cuadra, ambas personas honorables, por otra parte. La justicia nos inspirará saludable terror, admiraremos los brillantes uniformes del ejército, con ingenua curiosidad nos preguntaremos si el arzobispo cree o no en la existencia de los ángeles y cuando nos hablen de comunismo vomitaremos esa espantosa sarta de lugares comunes que circulan para estupidizar a la clase media y terminar de invadirles los restos de cerebro que no han inutilizado por completo los castradores sistemas de educación.

»Algunas arrugas se formarán en mi rostro, el brillo que ahora me hermosea los ojos desaparecerá. Paulatinamente me convertiré en una larva amarilla y taciturna, en uno de esos desdichados que tiemblan cuando piensan que pueden perder el empleo.

»De tanto en tanto, como quien se asoma a la rendija de un sueño a mirar un país perdido y descubre en él neblinas de oro y arboledas musicales, falso espejismo, virtud de todo lo que fue, evocaré los tiempos en que Julia era mi novia, y estas groserías actuales, limadas por los años, sombreadas por la muerte, me parecerán pintados frutos, fragantes dones que por inexperiencia no supe aprovechar.

»¿Dónde se encuentra un marido que no recuerde a veces la estación aquella de su verano, cuando la mujer no era esposa, sino su novia? Y yo pensaré en Julia, y, encontrándola cambiada, me diré: "La Julia novia es un sueño comparada con la Julia esposa". Ahora bien: si en vez de casarme mañana con Julia, me voy, desaparezco de esta ciudad, me marcho a Europa, dentro de dos años, cuando piense en ella, Julia también me parecerá un sueño, con la ventaja, por supuesto, de no encontrarme casado con ella.

»¿Que debí hacerme estas reflexiones con anterioridad a mi compromiso? ¡Oh!, de acuerdo.., de acuerdo, pero ¿cuándo se tiene sensación de la cárcel, sino en el momento de trasponer su umbral y tropezar con su férrea puerta?

»En estos momentos estoy jugando a cara o cruz la libertad o una celda. Cuando me alejé de la puerta de su casa, mi corazón daba saltos. Parecía que gritara:

»—Huye..., huye, incauto... Aún estás a tiempo.»

Ricardo Stepens enciende la lámpara en su cuarto morado, se dice: «Oh, dígase lo que se quiera, es un consuelo pensar con lógica».

«ES COMO TODAS LAS MUJERES»

Un cuartito de soltero, la cama de bronce de una plaza en el centro, a un costado el lavatorio, en un ángulo el ropero. Stepens se cubre los pies con una manta y coloca sobre el velador un rollo de dinero. Cavila un instante y envuelve el rollo en un trozo de diario; mira el reloj. Son ya las tres de la mañana.

«Hoy a las diez me casaré. Mejor dicho, me tendría que casar. ¿Qué hacer? Julia es como todas las mujeres. Me quiere. Pero si yo la dejo, dentro de dos años querrá a otro. Y si el otro la deja, al año volverá a querer a un tercero. Supongamos lo contrario. Que yo me casara y falleciera. Julia se casaría después de algunos años. Claro está que aduciría un montón de causas para poder casarse otra vez. Razonaría de esta manera: "Si yo me hubiera muerto, Ricardo también se hubiera casado con otra mujer". Es notable. Con razonamientos se desmontan los mecanismos más arduamente combinados por la tontería humana. Estudiemos el asunto desde otro ángulo. ¿Puedo encontrar una mujer mejor que Julia? Es difícil. Más fácil es que me enamore de una muchacha peor que Julia. Julia y yo somos dos seres humanos de carne y hueso. ¿Por qué entonces me voy a casar con Julia? Por piedad. Para no proporcionarle el monstruoso día de hoy. Porque si desaparezco, el día que hoy pasará esa mujer será terrible. Pero un día no tiene nada más que veinticuatro horas. Y en el caso de que sufra, mucho más padecería, por ejemplo, si el tranvía le hubiera cortado una pierna. De manera que el sufrimiento es relativísimo. En cambio, si no me voy y me caso, amontonaré repentinamente mi vida para arrojarla a un tacho de basura y monotonía. Y ella me dirá alguna vez, en uno de esos momentos de amargura o de riña en que se descubre el cáncer que nos roe el alma:

»—Si hubiera sabido que el matrimonio se reducía a esto, me hubiera quedado soltera.

»Y yo me arrepentiré en el alma de no haberme ido. Y ella y yo nos preguntaremos tonterías como ésta:

»"¿Por qué cuando uno es joven no tiene la experiencia que dan los años?"

»¿Y si Julia ya sabe hacia qué desengaños vamos? Ella es como todas las mujeres. Sentimental, cuando no cuesta nada ser sentimental. Con ideas, cuando las ideas no tienden a modificar el curso de los sucesos prefijados. Si yo le expusiera mis pensamientos a Julia, Julia me diría:

»—Querido, sos muy inteligente, pero casémonos. — Mis pensamientos merecerán su respeto, siempre que yo prácticamente responda a sus puntos de vista…, que son casarse. Ella dice que se moriría sin mí… Eso no le impidió pensar positivamente respecto a todos los detalles que regulaban nuestras relaciones. ¿Puede pensar positivamente un ser humano que está dispuesto a morir por otro? No, no y no. Entonces miente… si a su mentira… se la puede llamar mentira… que no lo es, ya que todas las mujeres dicen lo mismo.

»Porque lo curioso es que ella fue la que reguló el ritmo de nuestras relaciones. Tranquila, pisando terreno firme. No puedo reprocharle que sus procedimientos no fueran claros, y tanta claridad acertada revela una ausencia completa de sentimientos. Supo elegir perfectamente el momento en que me sugirió la conveniencia de formalizar nuestras relaciones.

»¿Qué borda a las maravillas? ¿Qué es una cocinera sin par? ¡Dios mío, todas las mujeres bordan y cocinan, mas hasta ahora no se ha descubierto que cocinar y bordar sea un factor de felicidad! Además, llegaría un momento en que los platos por ella preparados me serían tan familiares que solo llamarían la atención a nuestros invitados. En cuanto a bordar, el día que ella tenga hijos, mandará al diablo el bordado y como mujer práctica comprará ropas mucho más lindas de las que puede confeccionar... y a precio menor.

»En cuanto a tocar el piano..., cierto, toca el piano, no lo puedo negar... Pero seamos sensatos... ¡Dios mío!... Seamos sensatos. Ni ella se va a pasar la vida tocando el piano, ni yo escuchándola. Además, casarse con una mujer porque toca el piano es absurdo. Más barato resulta adquirir una victrola ortofónica, y uno compra los discos que prefiere y los escucha cuando se le da la gana. Con la ventaja de que estarán cien veces mejor ejecutados de lo que ella pudiera tocarlos.»

Ricardo Stepens enciende un cigarrillo. Pasea la mirada por su habitación. Arruga la frente, trata de concentrar sus pensamientos dispersos.

«¿Que debí pensar todo esto antes? ¿Pero, y ella? ¿Cuál de nosotros es el culpable? Comenzamos una relación inocente: miradas, sonrisas, yo el entusiasmo que suscita la flor fresca, ella el recato de la "chica que se va a casar". Luego la madre, después el hermano... ¡Dios mío! ¿Quién es más culpable de los dos? Cuando mi ardor se enfriaba, ella desaparecía, de manera que irritaba mi amor propio. Yo he sido peón en ese juego. Me ha movido en la dirección que le convenía. Cierto es que yo me dejaba mover. "No te pediré nunca nada", me decía. Y sin pedirme nada, heme aquí en el día en que me tengo que casar con Julia. Yo puse sinceridad y entusiasmo en mis sentimientos. Ella, tranquila, dejaba arder la mecha. Cuando el fuego se apagaba, echaba una gota de aceite. ¡Qué inteligencia para maniobrar! ¡Cuánto tacto!»

Domg. Domg. Domg. Domg.

Stepens salta de la cama. Son las cuatro de la mañana. Las cuatro. Faltan siete horas para ir hasta el Registro Civil. Echa mano al bolsillo. Saca una moneda. Piensa:

«Vamos a ver qué dice la suerte. Si sale cara, me caso. Si sale cruz, me voy. Una es la definitiva».

En el espejo del ropero se refleja el níquel volteando en el aire. Cae sobre la colcha. Cara. Ricardo observa la moneda, luego se la echa al bolsillo sonriendo y dice:

«Hay que hacerle trampa al Destino. No me casaré. Que el Destino me cobre si es brujo».

AHORA...

Stepens ha detenido una mirada triste sobre el rollo de dinero:

«Esta plata era para casarnos. Con ella íbamos a comprar los muebles después que volviéramos de nuestro viaje. Estoy a tiempo todavía. Puedo casarme. Nada ya tiene remedio. No sé lo que se ha roto adentro mío. Quizás hubiéramos sido felices... Es difícil.»

Lentamente se han cerrado sus ojos. El hombre fatigado, nuevamente se duerme...

Domg. Domg. Domg. Domg. Domg. Domg.

Ricardo Stepens salta de la cama. Tiene el cuerpo helado. El traje arrugado. Son las seis de la mañana. Piensa vertiginosamente.

«A las siete sale el vapor para Carmelo...»

Abre el ropero, deja en el suelo los cajones del lavatorio.

Precipitadamente arroja su ropa en un baúl. Hunde a puñetazos las camisas, los trajes. Con los pañuelos van entremezclados paquetes de cartas. Un retrato de Julia cae entre sus manos. Lo va a mirar... rechaza la tentación y lo arroja con algunos libros entre los intersticios que en el baúl floreado deja una colcha. Mira en redor. Todo ha terminado. Baja la tapa del baúl. Gira la cerradura con la llave, y se detiene. Le tiemblan las piernas. Un recuerdo terrible le conmueve toda la blandura de ternura que yace insepulta en él. Distingue a Julia, tomándole el rostro para besarle la boca... y se recuesta en la cama desfallecido.

—Andate —persuade el corazón...

—¿Qué vas a hacer? ¿Estás loco? —le grita el deseo. Son las seis y media.

El pecho de Ricardo se hincha como la presión de un fuelle. Se levanta tambaleándose. Se inclina sobre el baúl, lo carga a su espalda, trastabillando baja la escalera de la pensión, se detiene en la puerta inundada de sol, le hace un gesto a un chófer. Ricardo coloca el baúl en el asiento delantero, y en aquel momento postrero, piensa:

«¿Y si le dijera que fuera a la casa de Julia?»

Un hombre modestamente vestido asoma a una puerta. Encogido camina por la vereda arrastrando los pies, cuando en el portal del que ha salido aparece una mujer con la cara envuelta en una servilleta, que le grita roncamente:

—No te olvides de traer el dinero, Jaime...

Ricardo Stepens se estremece. Mira al chófer y con cierta ansiedad, le grita:

—Dársena Sur, chófer.

Y mientras cierra la portezuela, un pensamiento triste cruza su mente:

«¿Qué harán en lo de Julia con los regalos?»

LAS FIERAS

No te diré nunca cómo fui hundiéndome, día tras día, entre los hombres perdidos, ladrones y asesinos y mujeres que tienen la piel del rostro más áspero que cal agrietada. A veces, cuando reconsidero la latitud a que he llegado, siento que en mi cerebro se mueven grandes lienzos de sombra, camino como un sonámbulo y el proceso de mi descomposición me parece engastado en la arquitectura de un sueño que nunca ocurrió.

Sin embargo, hace mucho tiempo que estoy perdido. Me faltan fuerzas para escaparme a ese engranaje perezoso, que en la sucesión de las noches me sumerge más y más en la profundidad de un departamento prostibulario, donde otros espantosos aburridos como yo soportan entre los dedos una pantalla de naipes y mueven con desgano fichas negras o verdes, mientras que el tiempo cae con gotear de agua en el sucio pozal de nuestras almas.

Jamás le he hablado a ninguno de mis compañeros de ti, ¿y para qué?

La única informada de tu existencia es Tacuara. Apretando en el bolsillo un rollo de dinero, entra a la pieza después de las cuatro de la madrugada. El pelo de Tacuara es lacio y renegrido; los ojos oblicuos y pampas; la cara redonda y como espolvoreada de carbón, y la nariz chata.

Tacuara tiene una debilidad: es la lectura de la "Vida Social", y una virtud, la de gustarle a los descargadores de naranjas y hombres de la ribera de San Fernando.

Ceba mate mientras yo, espatarrado en la cama, pienso en ti, a quien he perdido para siempre.

Lo dificultoso es explicarte cómo fui hundiéndome día tras día.

A medida que pasan los años, cae sobre mi vida una pesada losa de inercia y acostumbramiento. La actitud más ruin y la situación más repugnante me parece natural y aceptable. Me falta extrañeza para recordar los muros de los calabozos donde he dormido tantas veces.

Pero a pesar de haberme mezclado con los de abajo, jamás hombre alguno ha vivido más aislado entre estas fieras que yo. Aún no he podido fundirme con ellos, lo cual no me impide sonreír cuando alguna de estas bestias la estropea a golpes a una de las desdichadas que lo mantiene, o comete una salvajada inútil, por el solo gusto de jactarse de haberla realizado.

Muchas veces acude tu nombre a mis labios. Recuerdo la tarde cuando estuvimos juntos, en la iglesia de Nueva Pompeya. También me acuerdo del podenco del sacristán. Empinando el hocico y el paso tardo, cruzaba el mosaico del templo por entre la fila de bancos... pero han pasado tantos cientos de días, que ahora me parece vivir en una ciudad profundísima, infinitamente abajo, sobre el nivel del mar. Una neblina de carbón flota permanente en este socavón de la infrahumanidad; de tanto en tanto chasquea el estampido de una pistola automática, y luego todos volvemos a nuestra postura primera, como si no hubiera ocurrido nada.

Incluso he cambiado de nombre, de manera que aunque a todos los que pasan les preguntaras por mí, nadie sabría contestarte.

Sin embargo, vivimos aquí en la misma ciudad, bajo idénticas estrellas.

Con la diferencia, claro está, que yo exploto a una prostituta, tengo prontuario y moriré con las espaldas desfondadas a balazos mientras tú te casarás algún día con un empleado de banco o un subteniente de la reserva.

Y si me resta tu recuerdo es por representar posibilidades de vida que yo nunca podré vivir. Es terrible, pero rubricado en ciertos declives de la existencia, no se escoge. Se acepta.

Estalló tu recuerdo, una noche que tiritaba de fiebre arrojado al rincón de un calabozo. No estaba herido, pero me habían golpeado mucho con un pedazo de goma y la temperatura de la fiebre movía ante mis ojos paisajes de perdición.

Grisáceo como el trozo de un film, pasaba el recuerdo del primer viaje que efectué a un prostíbulo de provincia, con Tacuara. Era la una de la tarde y un coche desvencijado nos llevaba por un callejón sombrío, acolchado de polvo. El sol centelleaba en el muro rojo del prostíbulo, y frente a la puerta de chapa de hierro engastada en la muralla de ladrillo había un pantano de orines y un poste para atar los caballos. El viento hacía chirriar en su soporte un farol de petróleo.

Nunca olvidaré. El macro judío me adelantó cincuenta latas sobre el trabajo de la mujer en la semana, y entonces marché a entrevistarme con el jefe político y el comisario... Estas iniquidades pasaban por mi memoria mientras estaba tendido en el piso de portland del calabozo. A momentos creía que iba a morir. Entreabría los párpados y distinguía murallas rodeadas de otros cercos por otros subsuelos, y durante un minuto mi vida transcurrió el espacio de un siglo en el fondo de los calabozos. Otros hombres, como yo, tenían los pulmones machucados a golpes de goma. Una cuña de gran sufrimiento me partió el cerebro, y más allá de la ferocidad de todos nosotros, oprimidos u opresores, más allá de la dureza de las grises piedras cuadradas, distinguí tu semblante pálido y la almendra aceituna de tus ojos.

Fue un martillazo en la sensibilidad. Nunca pude despierto imaginarme tu rostro con la nitidez que en la vorágine del delirio destacaba su relieve, luego la obsesión del castigo me volcó en la crueldad del interrogatorio. Me indagaban a golpes por el asesinato de una mujer con la cual nada tenía que ver.

Después salí. Más tarde me detuvieron otra vez. En la sombra me acompañaba tu recuerdo y en la vida, fiel como una perra, la mulata Tacuara.

¡Tacuara! ¿A dónde no habré ido con Tacuara?

Por ella conocí el asqueroso aburrimiento complicado con olores de polvo de arroz de los lenocinios de provincias, la regenta en chancletas cuidando un brasero que enceniza el piso de la sala, el mate que rueda lentamente entre las manos de diez rameras pitañosas, el viento que sacude la madera de los postigos porque los vidrios están rotos y se han sustituido los cristales con alambre de fiambrera, mientras llega desde afuera el ruido informe de un carro de ruedas gigantescas, cargado con una pirámide de bolsas de maíz, y el látigo chasquea junto a las orejas de los ocho caballos envueltos en grandes nubes de tierra amarilla.

Por Tacuara conocí los prostíbulos más espantosos de provincias. Aquellos en que la pieza no tiene cama, sino un jergón de chala tirado en el suelo de ladrillos, y mujeres con labios perforados de chancros sifilíticos. He comido sopa de locro y he bailado tangos más siniestros que agonía en salas tan inmensas como cuadras de un cuartel. Había allí bancos de madera sin cepillar y en los rincones negras sosteniendo con un brazo a un recién nacido a quien amamanta con un pecho, mientras que para no perder tiempo con la mano libre le desprendían los pantalones a un ebrio rijoso.

¡A dónde no habré ido con Tacuara!

En su compañía he recorrido todo el sur de la provincia, Bahía Blanca, Marcos Juárez y Azul, después estuvimos en Rosario de Santa Fe, Córdoba, Río Cuarto, Villa María y Bell Ville.

Con el auxilio de los políticos, a veces fui timbero y otras despaché chinchulines y parrilla criolla en bodegones montados a la orilla de establecimientos donde trabajaba con todos los hombres mi único amor.

Viajamos por agua.

Estuve en Paraná, Corrientes, Misiones. Pasé a Santa Ana do Livramento, Río Grande do Sul, San Pablo. En San Pablo, al expulsarme de la ciudad los carabineros, me tiraron encima de un vagón de carga y me rompieron tres costillas. Pasamos a Río de Janeiro, y Tacuara se inscribió en un prostíbulo de Laranyeiras. La casa de piedra mostraba en el frontín un mosaico con la Virgen y el Niño, y bajo el mosaico una lámpara eléctrica que iluminaba una garita abierta en la pared y entrelazada de perpendiculares barras de hierro a la altura de la cintura. En esta hornacina, tiesa como una estatua, de pie, Tacuara hacía cinco horas de guardia. A través de las rejas los hombres que le apetecían podían tocarle las carnes para constatar su dureza. En aquel barrio de mil prostitutas, y adornado de palmas y Cirios los días de Pascua, un retén de gendarmes, armados de carabinas, mantenían el orden para evitar que catangas y marineros se liaran a cuchilladas.

Volvimos a Buenos Aires.

Yo extrañaba mi calle Corrientes, y ella su dormitorio con olor a naranjas en la barrera de San Fernando y el dulce y monótono zumbido de las sierras de las cajonerías para fruta del Delta.

Y así, fui hundiéndome día tras día, hasta venir a recalar en este rincón de Ambos Mundos. Aquí es donde nos reunimos Cipriano, Guillermito el Ladrón, Uña de Oro, el Relojero y Pibe Repoyo.

Por la noche llegan perezosamente hasta la mesa de junto a la vidriera, se sientan, saludan de soslayo a la muchacha de la victrola, piden un café y en la posición que se han sentado permanecen horas y más horas, mirando con expresión desgarrada, por el vidrio, la gente que pasa.

En el fondo de los ojos de estos ex hombres se diluye una niebla gris. Cada uno de ellos ve en sí un misterio inexplicable, un nervio aún no clasificado, roto en el mecanismo de la voluntad. Esto los convierte en muñecos de cuerda relajada, y este relajamiento se traduce en el silencio que guardamos. Nadie aún lo ha observado, pero hay días que entre cuatro apenas si pronunciamos veinte palabras.

De un modo o de otro hemos robado, algunos han llegado hasta el crimen; todos, sin excepción, han destruido la vida de una mujer, y el silencio es el vaso comunicante por el cual nuestra pesadilla de aburrimiento y angustia pasa de alma a alma con roce oscuro. Esta sensación de aniquilamiento torvo, con las muecas inconscientes que acompañan al recuerdo canalla, nos pone en el rostro una máscara de fealdad cínica y dolorosa.

¡Y qué prójimos los nuestros! ¡Qué historias las que pueden contar!

Por ejemplo... el negro Cipriano:

Es rechoncho como un ídolo de chocolate.

En otros tiempos trabajó de cocinero en un prostíbulo. Cuenta, y orgullosamente, que vestido de blanco le servía a una escogida concurrencia de rufianes y macrós un congrio aderezado en una bandeja de plata.

Aunque no lo diga, se enternece evocando los paisajes sonrosados.

Los ojos se le humedecen e inundan de venitas de sangre, y bien se comprende: siente nostalgia de los tiempos en que era confidente de la regenta. Ésta, con las tetas volcadas entre las puntillas de su peinador, prostituía menores de catorce años, para servirlas a la voracidad de terribles magistrados y potentados ancianos. Luego secreteaba con Cipriano cuanto había ganado, y el negro era feliz, se comprendía el hombre de confianza de la casa. No se llega impunemente a estas alturas. Con los achocolatados párpados entreabiertos y las quijadas apoyadas en los puños, Cipriano, como un yacaré que sueña con la manigua, persigue con ojos amarillos fabulosas memorias, fiestas de traficantes polacos y marselleses, rufianes grasientos como fardos de sebo, e implacables como verdugos.

Estos hombres tenían la piel del cogote más roja que el colodrillo de los pavos, y ricitos de oro se escapaban por los agujeros de las narices y las orejas.

Despreciaban profundamente los países donde medraban, les escupían en la cara a los empleados de policía inferiores, y compraban a los jefes políticos con cheques que firmaban guiñando un ojo socarronamente.

Cipriano sabe muchas cosas, y cuando se le apura, confiesa que nada le agrada tanto como violar a un muchachito, o acostarse con un marinero de la Martinica.

Y sin embargo sonríe con la ingenuidad de un monstruo jovial.

Nadie, viéndolo, pensaría que él, el cocinero de los prostíbulos, era además el encargado de tatuarle con un látigo rayas moradas en las nalgas a las prostitutas desobedientes. Cuando recuerda las mujeres que castigó, sonríe con dulzura de hipopótamo resoplando agua y barro en el cañaveral de una manigua.

Y más dulzura bondadosa encierra su sonrisa, al rememorar los menores que violó, dramas de leonera, un chico maniatado por cinco ladrones que le apretaban contra el suelo tapándole la boca, luego ese grito de entraña roto que sacude como una descarga de voltaje el cuerpo sujetado... y la fila de hombres, que con los pantalones sostenidos con una mano, aguardan turno, mientras que el cuerpo del niño perforado por un dolor terrible se arquea y luego cae exánime.

Y si alguien, para mofarse, le pregunta qué es lo que prefiere, una muchacha o un ladroncito, Cipriano que se jacta de haber "desmayado grandes", entrecierra los ojos y hace rechinar los dientes. Como un cocodrilo adormilado en la marisma, apetece la inmundicia, y sólo cuando está muy contento dice algunas palabras en un dulce francés de la Martinica.

Por otra parte es muy católico y siempre que pasa ante una iglesia se descubre respetuosamente.

Tosiendo penosamente se sienta algunas veces a nuestra mesa Angelito el Potrillo, ratero y tuberculoso.

Tiene treinta años de edad, de los cuales ha pasado diez en el cuadro quinto, cansado de repetir siempre la misma infracción inexistente "portación de armas"

Lo perdieron las malas juntas.

Cuando se enoja tartamudea. Con la visera de la gorra hundida sobre los ojos se sumerge en intrincados problemas de ajedrez, y se jacta de ser campeón de damas, y aunque ello es verosímil, para expresar sus ideas utiliza un procedimiento un poco absurdo. Por ejemplo, dice del Japonés, un ladrón oscuro y feroz, que siempre encuentra laudables pretextos para desenvainar el cuchillo:

—Es como una niña.

Indudablemente, resulta dificultoso comprender qué es lo que entiende por "una niña" Angelito el Potrillo.

Cuando Angelito está bien de salud y no se encuentra preso, desaparece durante un tiempo de la ciudad en compañía del Japonés. Recorren el interior explotando el cuento de "filo misho" y otros ardides más o menos sutiles, pues Angelito el Potrillo no es como aquellos perdularios que no practican sino su especialidad, sino que a él, "le da tanto un barrido como un fregado".

Por ahora Angelito está muy débil y no viaja.

Permanece horas y horas con una sien apoyada en el vidrio, mirando hacia la calle, y los pesquisas que pasan saben que él está enfermo, que no puede robar y no lo detienen. Incluso algunos lo saludan y Angelito hace un gesto ahuecado en sonrisa. Dice que "es un consuelo saber que se va a morir entre la consideración de la gente correcta".

¡No te diré como fui hundiéndome día tras día!

Ahora cada uno de nosotros lleva un recuerdo terrible que es una bazofia de tristeza. Ayer... hoy .. mañana...

Hundiéndome día tras día.

Cómo explicar este fenómeno que deja libre la inteligencia, mientras los sentimientos embadurnados de inmundicia nos aplastan más y más en toda renunciación a la luz. Por eso la mala palabra nos muequea en la jeta, y para cada rostro de mujer la mano se nos crispa en una tentación de cachetada, porque junto a nosotros no se encuentra aquella, la preciosísima que nos destrozó la vida en una encrucijada del tiempo que fue. ¿Para qué hablar? Si todo lo dice el silencio de sombras que entolda el bar amarillo, donde se inclinan las cabezas que ya no tienen esperanzas terrestres. Fieras enjauladas, permanecemos tras los barrotes de los pensamientos residuos, y por eso es que la sonrisa canalla se despega tan dificultosamente del semblante encolado en una contracción de aburrimiento perrero.

Los días son negros, las noches más encajonadas que calabozos.

A veces pasa tu recuerdo por mi memoria como una estrella de siete puntas, y Tacuara como si adivinara tu tránsito celeste por mi vida, me examina rápidamente de pies a cabeza y me dice como si ella fuera mi igual:

—¿Qué te pasa? ¿Te duele el corazón?

Su ojo derecho se entrecierra casi, alarga el cuello, frunce los labios finos, y a medias torcida como si hubiera quedado desfigurada por una hemiplejía, me pregunta:

—¿Te acordás de ella?

No te diré cómo fui hundiéndome día tras día. Quizá ocurrió después del horrible pecado. La verdad es que fui quedando aislado.

Caminaba como antes por las calles, miraba los objetos que se exhiben en las vitrinas, y hasta me detenía sorprendido frente a ciertas ingeniosidades de la industria, mas la verdad es que estaba horriblemente solo.

Alguna que otra vez sentía en mis mejillas el frío roce de un alma que me buscaba por la tierra con su pobre pensamiento encadenado. Un escalofrío se descargaba entonces a través de los intersticios de mis vértebras.

Luego la noche del pensamiento caía sobre mí y estuve mucho tiempo sumergido en el crepúsculo que ya no era terrestre, y tal como deben conocerlo aquellos que la medicina clasifica con el nombre de idiotas profundos.

Llegué así por descendimientos progresivos hasta la miseria de esta amistad silenciosa, en la que los infaltables son Uña de Oro, el Pibe Repoyo y el Relojero.

El Relojero no habla nunca. A lo más sonríe melancólicamente. De vez en cuando le suministra a su "señora" una paliza brutal, y si Guillermito el Ladrón le pregunta por qué le pega, el Relojero se encoge de hombros, sonríe dolorosamente y contesta después de rumiar largo rato su respuesta:

—Qué sé yo. Será porque estoy aburrido.

Guillermito cuida el físico, gasta reloj pulsera de oro, se da fomentos faciales y rayos ultravioletas, pero en la frente tiene el croquis de una arruga rápida, crispación que anticipa el gesto de echar la mano a la cintura para sacar el revólver y resolver un asunto de vida o de muerte. Jamás ha robado en la ciudad, y siempre conversa de instalar una timba. Aspira como yo lo fui en otros tiempos, a ser dueño de un recreo con parrilla criolla, pero aún no dispone del necesario capital y sus opiniones políticas no pueden ser más estúpidas.

Está con Yrigoyen y la democracia.

Uña de Oro seduce a las "loquitas" con su perfil de gavilán y los transparentes ojos verdosos y la crueldad felina de sus maxilares que acompañan el impulso de las sienes huidas hacia las orejas puntiagudas. Cuando está cansado apoya los brazos en la mesa, agacha la cabeza y se duerme en la turbamulta del café, con ronquido feroz

¿Es necesario describir estas cosas simples, bestiales, primitivas?

Nos comunicamos con el silencio. Un silencio que se descarga en la mirada o en una inflexión de los labios respondiendo con un monosílabo a otro monosílabo. Cada uno de nosotros está sumergido en un pasado oscuro donde los ojos de tanto haber fijado, se han inmovilizado como los de cretinos que miran absurdamente un rincón sucio.

¿Qué miramos?

No te lo podría decir. Sé que por donde he ido me he acordado de ti, y que llegué a profundidades increíblemente tristes. Ahora mismo.. cierro los ojos, como Uña de Oro cargo la frente sobre el dorso de las manos... pero no duermo. Pienso que es triste no saber a quién matar.

De pronto el choque del cubilete de los dados revienta en mis oídos como la descarga de un revólver, levanto la cabeza y revuelvo una saliva de veneno. La vida continúa siempre igual, adentro y afuera, y este silencio es una verdad, un intervalo donde descansa nuestra expectativa de una mala noticia, ya que es necesario aguardarla siempre, aguardaría siempre en el desconocido que entre inopinadamente al café o en el tembleque de la campanilla del teléfono.

Jugando a los naipes o al dominó, volteando dados o una moneda, bajo la apariencia de olvido persiste una constante tensión nerviosa, una especie de "alerta está", vigilancia inconsciente, sobresalto imperceptible que mueve permanentemente los párpados y las pupilas, en un soslayar siniestro.

Ningún desconocido al entrar a este café escapa a ese examen, tendido en invisible abanico de noventa grados, sobre el círculo de los naipes o las geometrías blancas y negras de las fichas de dominó.

Cuando no se juega, los mentones descansan engastados en las palmas de las manos. El cigarrillo se consume lentamente en el vértice de los labios y entonces... cuando menos se espera aparece el sufrimiento sordo, una como nostalgia de las entrañas que ignoran lo que quieren, arruga las frentes, ¡ah! cómo explicar esta desesperación, nos lanzamos a la calle, vamos hacia los departamentos donde nunca falta una atorranta con la cual acostarse, y desfogar babeando en un mal sueño este dolor que no se sabe de dónde viene ni para qué.

Y es que todos llevamos adentro un aburrimiento horrible, una mala palabra retenida, un golpe que no sabe dónde descargarse, y si el Relojero la desencuaderna a puntapiés a su mujer, es porque en la noche sucia de su pieza, el alma le envasa un dolor que es como desazón de un nervio en un diente podrido.

Y cuando este dolor, que ellos ignoran con qué palabras se puede nombrar, estalla en un corazón, el que permanecía callado barbotea una injuria, y por resonancia los otros también responden, y de pronto la mesa que hasta ese momento parecía un círculo de dormidos se anima de injurias terribles y de odios sin razón, y sin saber cómo surgen agravios antiguos y ofensas olvidadas. Y si no llegan a las manos es porque nunca falta un comedido que interviene a tiempo y recuerda con melifluo palabrerío las consecuencias de la gresca.

Una fiesta que no hay dinero con qué pagarla, es la llegada de desconocidos y amigos perdidos a la mesa. Vienen del interior. Han estado robando en provincias. O purgando una pena en la cárcel. O estafando en los trenes. Pero, tengan la cabeza rapada o melenuda, no importa: sus historias y su dinero bien valen la acogida que se les hace; y entonces por un minuto el mozo se soflama. Tal diversidad de bebidas solicitan los gaznates distintos. Una alegría espantosa estalla en el interior de cada fiera, y siguiendo el impulso de una vanidad inexplicable, de un orgullo demoníaco, se habla... Si se habla es de cacerías de mujeres en el corazón de la ciudad, su persecución en los clandestinos de extramuros donde se ocultan; si se habla, es de riñas con bandas enemigas que las han raptado, de asaltos, de emboscadas, de robos, escalamientos y fracturas. Si se habla es de viajes en transportes nacionales a "la tierra", si se habla es de la cárcel, de las eternas noches en la "berlina" (calabozo triangular donde el detenido no puede acostarse ni sentarse), si se habla es de los procedimientos de los jueces, de los políticos a quienes están vendidos, de los pesquisas y sus ferocidades, de interrogatorios, careos, indagatorias y reconstrucciones, si se habla es de castigos, dolores, torturas, golpes sobre el rostro, puñetazos en el estómago, retorcimiento de testículos, puntapiés en las tibias, dedos prensados, manos retorcidas, flagelaciones con la goma, martillazo con la culata del revólver... si se habla es de mujeres asesinadas, robadas, fugitivas, apaleadas...

Siempre los mismos temas: el crimen, la venalidad, el castigo, la traición, la ferocidad. Lentamente humean los cigarros. Cada frente crispa un mal recuerdo. En una distancia Luego sobreviene el silencio. Los desconocidos se marchan acompañados del camarada que los presentó.

Entonces las miradas recorren las mesas próximas, se detienen en la muchacha que atiende la victrola, estalla un comentario breve y cruel como un petardo, una sonrisa fría encrespa algún labio, ya que se sabe con quién está por caer la desgraciada, incluso el que la ronda ya ha anticipado el número de palizas que le suministrará, un fósforo crepita al encenderse entre dos dedos y el humo azulento sube despacio hacia el plafond.

¡Oh! cuántas, cuántas cosas se cuentan en pocas palabras en estas interminables noches negras.

Una vez es Guillermito, otras Uña de Oro. Uña de Oro, por ejemplo, cuenta cómo fue que una vez le atravesó con un cortaplumas la palma de la mano a una mujer.

Ella quería irse a vivir con él, y Uña le preguntó si estaba dispuesta a darle una prueba de amor, y cuando la meretriz le preguntó en qué consistía la prueba de amor, él le contestó: dejarse atravesar la mano con un cuchillo, y como ella accedió, le clavó la mano en la tabla de la mesa.

Relatos de esta índole son frecuentes, pero para qué criticar las ferocidades inútiles. Todos estamos conscientes que en un momento dado de nuestras vidas, por aburrimiento o angustia, seremos capaces de cometer un acto infinitamente más bellaco que el que no condenamos. A decir la verdad, aploma a nuestras conciencias un sentimiento implacable, quizá la misma fiera voluntad que encrespa a las bestias carniceras en sus cubiles de los bosques y las montañas.

Además, conocemos muchas tristezas que ni el mismo naipe es capaz de disolver, hastíos semejantes a chalecos de fuerza ciñen nuestros instintos hasta el día que caigamos bajo el cuchillo de un enemigo, o la bala de alguien que hace mucho tiempo nos está esperando entre las tinieblas. Porque a cada uno de nosotros, lo espera alguien.

Después de haber vivido de esta manera, es lógico estar colmado de un silencio tan hosco, mudez de fiera que ha recibido de la vida una fuerza maldita, utilizable sólo en los bajíos del mal.

Ahora en la mesa del café, bajo las luces amarillas, blancas y azules, el silencio constituye un reposo. Tenemos necesidad de un poco de descanso, para que se asienten nuestras infamias calladas, nuestros crímenes flojos.

La música retoba el aburrimiento.

Un tango antiguo nos recuerda un momento carcelario, otros la noche del hallazgo de una mujer, otros un instante terrible de cuando andábamos en la mala.

Si el tango se hace bronco, un espasmo nos retuerce el alma. Se recuerda entonces el placer rojo y terrible de aplastarle a puñetazos la cara a una mujer, o también el goce de bailar trenzados con una hembra esquiva en una milonga asesina, o también el primer dinero que nos dio la mujer que nos inició en la vida, billete de diez pesos que ella sacó de la liga y que nosotros recibimos con alegría temblorosa porque ese dinero lo había ganado acostándose con otros.

Lloro de bandoneones que lo despeina a uno en dulces recuerdos, primeras emociones agridulces de vida de cafishio: la mujer que va por la calle con un hombre; la mujer que ríe en la mesa acompañada de tres hombres, sensación de procacidad y ráfaga; la mujer que durante la noche ha hecho la recorrida del café y la pieza del brazo de clientes que pasaban ante los ojos, emoción que colma la expectativa de algunas palabras susurradas subrepticiamente: "Esperá un momento, querido, que pronto me desocupo".

El tango nos empenacha el alma del recuerdo de primitivas alegrías: la mujer de todos pavoneándose en compañía de aquel a quien le regala su dinero, la gente mirándonos al pasar, los giles asombrándose de las pornografías de la conversación, las tenidas en las piezas de las amigas, las presentaciones de rigor: "Le presento a mi marido".

Tardes de lluvia desperdigadas entre largas rondas de mate, la victrola en un rincón, la bandeja de masas arrumbada entre tarros de gomina. Si la mujer hace la calle, la reglamentaria despedida a las cuatro, el "hasta luego querido", el "tené cuidado con los tiras, nena" y la mujer que en el instante de la despedida siempre tiene un gesto raro, casi doloroso al principio en el oficio y que mediante un esfuerzo de voluntad recubre su rostro de una máscara de impasibilidad convirtiéndose instantáneamente en otra, mezclándose a los transeúntes con el tardo paso de la yiranta. Inmediatamente a uno le cruza la mente esta preocupación: "En fija la encanan hoy" o "¿No será la última vez que la veo hoy?".

Por eso, cuando en el silencio que guardamos junto a la mesa de café, repiquetea el timbre del teléfono, un sobresalto nos mueve las cabezas, y si no es para nosotros, bajo las luces blancas, bermejas o azules, Uña de Oro bosteza y Guillermito el Ladrón barbota una injuria, y una negrura que ni las mismas calles más negras tienen en sus profundidades de barro, se nos entra a los ojos, mientras tras el espesor de la vidriera que da a la calle pasan mujeres honradas del brazo de hombres honrados.

EXTRAORDINARIA
HISTORIA DE DOS TUERTOS

Dudo que tuerto alguno pueda contar otra maravillosa historia semejante a la que nos ocurrió a mí y a Hortensio Lafre, tuerto también como yo. Y ahora tomaos el trabajo de leerme.

Tenía yo pocos años de edad cuando perdí mi ojo derecho en un accidente de caza que le aconteció a mi padre, y la ruina sobrevenida a éste poco tiempo después, por ser más aficionado a los deportes cinegéticos que al cuidado de su molino y campos, nos arrastró a todos hasta ese refugio de fracasados que es el Barrio Latino de París. Después de numerosas peripecias que no son del caso, a la edad de dieciocho años conseguí un empleo de cobrador de una compañía de mutualidad, y en este trabajo me ganaba penosamente la vida, durante los comienzos del año 1914, cuando a fines del mes de enero trabé conocimiento con un venerable caballero que estaba asociado a la compañía. Este buen señor usaba barba en punta como un artista, y su melena de cabello entrecano y ondulado, así como su mirada bondadosa, le concedían la apariencia que podría tener el padre del género humano si acertaba a hacerse invisible. Se llamaba monsieur Lambet.

Monsieur Lambet vivía en una discreta casa con jardincillo en el arrabal de Mont Parnasse, y la segunda vez que le fui a cobrar la cuota de su seguro, como no tuviera nada que hacer, me acompañó por las calles y se interesó evidentemente en las condiciones en que vivía yo y mi madre y mi hermana. Cuando le manifesté que nuestra condición económica era sumamente precaria, no se asombró, y sí recuerdo que me dijo con tono de voz sumamente patético:

—Mi querido joven: si vos usarais un ojo de vidrio os sería mucho más fácil conseguir un puesto honorable.

—¿De dónde sacar el importe de un ojo de vidrio, monsieur Lambet? ¿De dónde?

Monsieur Lambet guardó un prudente silencio y continuó caminando en silencio a mi lado. Luego me dijo:

—Evidentemente, no se trata de menospreciar vuestra persona, pero un joven tuerto no es, en manera alguna, atrayente.

—Vaya si lo sé —repuse yo, suspirando tristemente.

Monsieur Lambet prosiguió:

—Ha progresado tanto la industria de los ojos de vidrio, que hoy se hacen tan perfectos, que hay personas que afirman que los ojos de vidrio son más tiernos y expresivos que los ojos naturales. Yo no me atrevería a jurar eso, pero evidentemente un hombre tuerto con su ojo de vidrio es mucho más atrayente que sin él.

—Monsieur Lambet: creo que yo jamás reuniré el dinero que cuesta un ojo de vidrio.

Pero monsieur Lambet era un hombre de sentimientos nobles. Me tomó de un brazo, me apretó y me dijo:

—Querido joven: vos me recordáis, precisamente, el rostro de un hijo mío muerto hace muchos años. Permitidme seros útil. Monsieur Tricot, honrado comerciante amigo mío, trafica en anteojos, lentes, vidrios de aumento y ojos artificiales. Yo os recomendaré a él, y estoy seguro que accederá a colocaros un ojo de vidrio en condiciones que no os serán onerosas.

Deshaciéndome en muestras de gratitud le di repetidas gracias a monsieur Lambet, quien me estrechó contra su pecho y dijo que estaba encantado de poder serme útil en tal insignificancia, y debió serlo, porque cuando al día siguiente me presenté en la tienda de monsieur Tricot, monsieur Tricot, un caballero alto, grueso, de atravesada mirada y espesa barba negra, me recibió aparatosamente, me hizo entrar a su trastienda y dio principio al trabajo de probarme diferentes ojos de vidrio, hasta que finalmente descubrió un hermoso ejemplar que parecía hermano gemelo del mío, natural, a punto, que al observarme en un espejo no pude menos de lanzar un grito de admiración. Me había transformado en otro hombre gracias a la bondadosa generosidad de monsieur Lambet.

Cuando lo interrogué a monsieur Tricot respecto al precio del ojo de vidrio, me respondió:

—Vete a darle las gracias a tu benefactor, y no te preocupes. Lo que des aquí en la tierra, lo recibirás centuplicado en el cielo. Lo que debes hacer, truene o llueva, es quitarte este ojo todas las noches y ponerlo en remojo en un vaso de agua como si fuera una dentadura. Mediante ese procedimiento, sus colores se mantendrán siempre frescos y puros y no darás a la gente una mala impresión, porque los ojos de vidrio se empañan mucho con la humedad.

Nuevamente le di las gracias a monsieur Tricot, prometiéndole seguir escrupulosamente sus consejos, y poco menos que bailando por las calles llegué a Mont Parnasse, donde al ver a monsieur Lambet me precipité hacia él. Monsieur Lambet, como si yo fuera su mismo hijo resucitado, me tomó por los brazos, me miró y me dijo:

—Vive Dios que eres mi hijo, mi propio hijo resucitado, y no te dejo marchar. De aquí en adelante vivirás en mi casa.

No hubo forma de persuadirle para que dejara de cumplir su deseo, y tuve que complacerle y marcharme de mi casa a vivir en la suya. No dejé de ser lo suficiente ingrato para desconfiar de las atenciones de mi protector; pero a los pocos días de vivir bajo su techo, comprendí que me había equivocado groseramente. Monsieur Lambet era el más simpático y bueno de los hombres. Lo único que exigía de mí era que durmiera en su casa y almorzara y cenara con él. Luego me dejaba salir a vagabundear, no sin dejar de decir siempre que se despedía de mí:

—Gracias, muchacho. Me has dado el placer de pasar una hora con mi hijo.

Mi excelente familia se alteró con este cambio, en razón de mi juventud e inexperiencia, pero terminaron convenciéndose de que monsieur Lambet era un viejo maniático cuyo trato nos beneficiaba. Y así era. Un mes después de este cambio, monsieur Lambet, alegremente, me informó que por favor de monsieur Tricot había obtenido para mí una plaza de vendedor de anteojos y ojos de vidrio en la zona alemana de Hamburgo. Recibiría sueldo y un tanto por ciento sobre los beneficios de las ventas. Yo me manifesté algo reacio a abandonar mi puesto de cobrador, pero tanto insistió monsieur Lambet en que mi posición económica cambiaría fundamentalmente, que resolví contra mi agrado hacer la prueba. No creía en el éxito de los ojos de vidrio. Para que mis gastos fueran menores, monsieur Lambet me recomendó al Hotel de "Las Tres Grullas", cuyo propietario, un sonriente y gordo hamburgués, me recibió como si fuera su hijo. ¡Evidentemente, el mundo estaba repleto de buena gente!

Mi primera salida por Hamburgo fue un éxito. Vendí lentes y ojos artificiales como para reparar a un ejército de tuertos.

Desde entonces Hamburgo fue mi base de operaciones..., pero una noche que dormía en "Las Tres Grullas" me ocurrió un suceso tan extraño, que aún hoy es motivo de maravilla entre los que tienen la paciencia de escuchar mi relato.

Había llegado tarde al hotel porque me entretuve en el puerto, conversando con algunos comerciantes que querían estudiar en París las posibilidades de colocar ciertos artículos de fantasía.

Serían las dos de la madrugada, y trataba inútilmente de conciliar el sueño, cuando la puerta de mi habitación se abrió tan cautelosamente, que, sobreponiéndome al instintivo temor que causa la presencia de un extraño en nuestra alcoba, resolví espiarlo. En caso que pasara algo, sabría defenderme.

Como es natural, esperaba que el desconocido se dirigiera al ropero, en cuyo interior estaba colgado mi traje; pero con mi único ojo entreabierto, a la grisácea claridad que se filtraba por un postigo entreabierto, reconocí al dueño de "Las Tres Grullas", que se dirigía a la mesa.

¿Sabéis lo que hizo allí? Tomó la copa de agua donde se encontraba sumergido mi ojo de vidrio, y con ella se retiró tan cautelosamente como había venido.

Yo quedé atónito. ¿Qué quería hacer el hombre con mi ojo de vidrio? ¿Pretendería robármelo?

El suceso me resultaba tan extraordinario, que una hora después no había conseguido dormirme, y en el mismo momento que en el reloj daban las tres de la madrugada, la puerta de la habitación volvió a chirriar, y el infiel hospedero, de puntillas, tan cauteloso como había entrado, con el vaso de agua en la mano, se aproximó a la mesa y dejó allí la copa.

En el interior del vaso de agua se encontraba mi ojo de vidrio.

¿Qué misterio encerraba ese ritual?

Pero no tuve tiempo de meditar mayormente sobre el misterio de mi ojo de vidrio, porque a las cinco de la mañana salía él rápido de París, y a pesar de que mi noche había sido extraordinaria, aquel amanecer no lo iba a ser menos, por efecto de una de aquellas casualidades de apariencia sobrenatural y que en la realidad de la vida son tan frecuentes e inagotablemente asombrosas.

Me despedí del dueño de "Las Tres Grullas" como si no me hubiera ocurrido nada, pero "in mente" estaba resuelto a aclarar aquel suceso, cuando otro hecho vino a complicar mi desorden mental.

No había terminado de ocupar mi asiento en mi coche de segunda, cuando frente a mí se detuvo Hortensio Lafre, un camarada de mi infancia.

Desde que mi familia había abandonado el pueblo no nos habíamos visto. En cuanto cambiamos una mirada, nos reconocimos, y después de abrazarnos efusivamente nos quedamos contemplándonos con ese gusto asombrado con que volvemos a encontrarnos con los testigos de nuestros primeros juegos; y de pronto, ambos nos lanzamos a quemarropa:

—Tú tienes un ojo de vidrio.

—Sí. Y tú también.

—Sí.

—¿Y qué haces por aquí?

—Vendo cristales, anteojos, ojos de vidrio.

Yo me quedé examinándolo, turulato.

—¡Cómo! ¿Tienes la misma profesión?

—¡Tú también vendes ojos de vidrio!

—Sí.

—¡Cristo! Esto sí que es raro.

Ahora le tocaba a Hortensio asombrarse. Súbitamente inspirado, le dije:

—¿Cómo te metiste en esto?

Hortensio comenzó a narrarme su historia:

Acosado por la necesidad se había dedicado a vender novelas por entregas, cuando un día, al llegar al barrio de Saint-Denis, se encontró con un honorable anciano que le cobró simpatía porque Hortensio se parecía prodigiosamente a su hijo muerto.

—¡Satanás! ¡Esa es mi historia! Continúa.

El viejo bondadoso, lamentándose de que Hortensio fuera tuerto, lo recomendó a lo de monsieur Tricot, quien no sólo le regaló un ojo de vidrio, sino que le proporcionó una ventajosa colocación para venderlos en el extranjero.

—Lo mismo me ha ocurrido a mí, Hortensio. Exactamente lo mismo.

—No.

—Así como lo oyes. Dime: tu protector ¿no es un anciano con facha de pintor, pelo entrecano, barba en punta?

—Sí.

—Pues es él, monsieur Lambet.

—Yo lo conozco bajo el nombre de Gervasio Turlot.

—Pues el viejo, se llame Turlot o Lambet, debe ser un peligrosísimo bribón: en nuestra aventura hay demasiado misterio.

—¿Qué te parece si vemos al comisario de Saint-Denis? Yo lo conozco porque le he vendido a su mujer varias novelas por entregas.

—Perfectamente.

En cuanto llegamos a París nos dirigimos a la comisaría de Saint Denis, y Hortensio se hizo anunciar al comisario.

Una vez en su presencia, yo me senté en el escritorio y comencé a narrarle las etapas de mi aventura. El comisario nos escuchaba asombradísimo. Finalmente requirió la presencia de un perito en ojos de vidrio, y cuando el hombre llegó, le entregamos nuestros ojos artificiales. Éste comenzó a manipular en los globos de vidrio hasta que éstos se abrieron en sus manos. En el interior de un ojo de vidrio (el mío), en un espacio hueco y circular, encontró un rollo de papel de seda, escrito con letra casi microscópica. Era un pedido a monsieur Lambet de la dirección de un oficial que había sido exonerado del ejército por deudas. En el ojo de vidrio correspondiente a mi amigo Hortensio había, en cambio, una orden a monsieur Turlot, para que asesinara al "agente 23", culpable de proporcionar datos falsos.

No quedaba duda. Monsieur Lambet, alias Turlot, era el eslabón terminal de una activa cadena de espías y nosotros, dos inocentes tuertos, sus mensajeros insospechables. Como aún no había estallado la guerra, monsieur Lambet, mi benefactor, fue detenido y condenado a treinta años de presidio. En cuanto al dueño de "Las Tres Grullas", continúa en Hamburgo, y posiblemente sirva ahora a otra pandilla de espías. Pero yo ya no creo en la bondad de los protectores desconocidos.

PEQUEÑOS PROPIETARIOS

Cierta noche, Eufrasia, poco después de cenar, le dijo a Joaquín, su esposo:

—¿Sabes?, tengo el presentimiento de que el de al lado le roba materiales al infeliz a quien le está construyendo la casa.

Joaquín la soslayó hosco, con su ojo de vidrio.

—¿De dónde sacas eso?

—Porque hoy al oscurecer vino con el carrito cargado de polvo de ladrillo y tapado con bolsas, para disimular.

—No puede ser.

—Sí, porque ayer traía unos mosaicos debajo del brazo, también envueltos en una bolsa rota. Y se les veía el canto.

—Entonces... ¡quién sabe!...

—Sí... también me fijé cuando tenía la otra obra. Al principio llegaba temprano con el carrito, después, cuando estaba por terminar, mucho más anochecido, y siempre el carrito tapado. Con ese material deben haber construido la marquesina.

Taciturno, replicó Joaquín:

—Claro, así es fácil construir obras para darle envidia a los otros.

Luego no hablaron más. Cenaron en silencio y el ojo de Joaquín, el corredor y pequeño propietario, estaba tan inmóvil como su otro de vidrio.

Solo al acostarse, cuando Eufrasia iba a apagar la lámpara, dijo sin mirar a su esposo, con la voz ligeramente desnaturalizada por el deseo de que fuera natural:

—Si el dueño de la casa lo supiera...

—Lo hace meter preso —fue el único comentario del tuerto. Luego se acostaron y ya no hablaron más.

* * *

Los dos propietarios se odiaban con rencor tramposo.

Tal sentimiento había madurado al calor de oscuras ignominias, y lo teñía de colores distintos la desemejanza de desgracia que se deseaban. Cosme, el albañil, invocaba sobre la propiedad de Joaquín una catástrofe súbita. No podría especificar, si se lo preguntaran, qué clase de catástrofe era la que le deseaba a su vecino, ya que esta no llegaba sino en excepcionales casos a la muerte. Y esta falta de imaginación le atormentaba con iras fugaces pero tormentosas, pues estaba seguro de que si concretara su deseo, sería feliz.

En cambio, Joaquín había objetivado este anhelo.

Deseaba que el albañil se arruinara.

Se imaginaba que su vecino no podía pagar las mensualidades del terreno que con poca diferencia de tiempo habían comprado a plazos, y el sencillo acto de representarse la roja bandera de remate flameando en el jardín de Cosme le regocijaba siniestramente. Crujíanle los dientes y su ojo de vidrio traslucía un fulgor más intenso que el otro, al acecho, bajo un fino párpado siempre arrugado.

Dos hechos fueron el origen de este odio.

Cuando Joaquín compró el terreno, pidiole presupuesto, para la casa que pensaba construir, a Cosme, y luego, lógicamente, le dio la obra a otro albañil.

Pero como necesitó utilizar la medianera de su vecino, este, furioso, le exigió un precio superior al valor natural, y Joaquín, rechinando los dientes, se negó a pagar. Una mañana en que el albañil estaba ausente, hizo colocar las vigas del techo sostenidas provisoriamente por unos parantes, de modo que cuando Cosme llegó era demasiado tarde para detener la obra.

Mas como el importe de esta era inferior al de la cantidad requerida para sustanciar un litigio ante los tribunales (imposibilidad que lo puso furioso al albañil, pues deseaba arruinar a Joaquín) el asunto fue a parar a un Juzgado de Paz y en el plazo de un año y medio Cosme cruzó sombrío y tempestuoso, sucios salones atestados de oficiales de justicia y palurdos aburridos. Conoció todas las triquiñuelas de los que no quieren pagar y durante numerosos meses buscó en su caletre arduos sistemas para asesinar a su vecino, mas como era muy bruto no se le ocurría nada y al fin, cuando ya desesperaba de la justicia terrestre, cobró.

Pasó el tiempo y este odio creció, ya no con la energía brutal del primer año; porque ahora que ellos estaban en reposo, el rencor maduraba a la sombra, destilando en el alma de los propietarios un jugo que les engordaba los tuétanos rezumándoles en el alma feroces proyectos y cierto goce oscuro y vigilante: el presentimiento de que algún día el otro se "las pagaría".

La primera puñalada trapera partió del albañil.

Joaquín construyó una piecita sin presentar el plano a la municipalidad, y lo más grave es que no se hizo colocar el contrapiso, de acuerdo con lo reglamentado en el digesto.

Cosme lo supo, charlando con el peón de Joaquín en el despacho de bebidas del almacén de la esquina, y puso esta gravísima infracción en conocimiento del Inspector Municipal de zona.

Vino este y el corredor tuvo que abonar una fuerte multa, pero no si haber visto antes cómo el inspector destrozaba su hermoso piso de pinotea, a fin de comprobar la infracción.

Aquel día una lágrima cayó de su ojo de vidrio, mientras Eufrasia maldecía en la cocina el poco carácter de su esposo en no irle a buscar querella al albañil. Y este esa noche se sumergió en su camastro mascullando dulces palabras torvas.

Siete meses después el albañil compró un carro y un caballo para transportar sus materiales a la obra, pero por negligencia, no construyó la caballeriza de acuerdo a las disposiciones del Digesto Municipal. Joaquín, con pretexto de examinar su techo, subió al de Cosme, estudió aquel establo provisorio, luego se hizo recomendar a un inspector, y un buen día el albañil fue sorprendido por una multa, amén la orden de construir la caballeriza que le costó más que el carro y el caballo.

El éxito de estas cuchilladas lubrificadas con jurisprudencia, no marchitaba aquel odio.

Joaquín no podía verle a Cosme sin estremecerse de rabia, y la grosera figura del otro le espantaba hasta la repulsión física, pues el albañil era pequeño, morrudo, cargado de espaldas, y en su cara biliosa, había siempre sonriendo, impúdicos, dos ojuelos verdes. Su voz surgía sesgada, recargada del sonido "guee", y cuando Joaquín le escuchaba se escalofriaba hasta el malestar físico. Y sin embargo charlaban.

Porque a veces conversaban. El tema era el desmesurado costo de los ladrillos, o cualquier otra cosa.

Joaquín, que necesitaba mil ladrillos para el invierno próximo, comentaba:

—Dicen que van a subir a cuarenta el mil.

—A cuarenta y cinco.

—Pero eso es un escándalo. ¿Se da cuenta usted? Diez pesos de aumento el mil.

Y por esos cinco pesos de exceso que tendría que pagar dentro de cuatro meses, se estaba una hora protestando con el otro contra el país y sus leyes, solidarizados por la común desgracia del costo del material.

Sentían el placer de ser avaros, y, a la inversa de la gente de otra condición, en vez de ocultar el defecto lo exhibían como una virtud, regodeándose en su tacañería.

Y Joaquín, que era más sensible y romántico que Cosme, cuando conversaba de estas miserias, le parecía ser igual al dueño de un conventillo de la calle Loyola, y entonces insistía en su argumento, esperanzado de llegar a ser algún día un propietario gordo, que a la puerta de su casa remienda la tapia con un balde lleno de tierra romana.

Y lo único que se reprochaba era no ser demasiado mezquino.

A pesar de esta aparente cordialidad, cuando conversaba con el albañil, le parecía entrever en las verdes pupilas del otro, un alma inmóvil, pesada como un monstruo de carne cruda, que entorpecía sus sensaciones, suspendiéndole en una sonrisa tímida, de la áspera cháchara de Cosme.

Y no discutía con él, sino que, por lo general, asentía a lo que el albañil decía, mientras que todos los nervios se le sublevaban en una contracción silenciosa, que al transcurrir los siguientes días se traducía en sus pensamientos en una crispadura roja, como la de una epidermis cicatrizada después de una quemadura. Y sus pensamientos, semejantes a sanguijuelas, se movían en un mundo homicida y fangoso.

En cambio, el albañil se veía caer sobre Joaquín con un puñal en la izquierda.

Era en la esquina lúgubre de su casa, con los desperdicios de basura en la vereda de tierra, y el farol de nafta iluminando con su luz amarilla un círculo del que Cosme brotaba cuando pasaba el tuerto.

En tanto, sus deseos no se consumaban, desacreditaba la casa, y cuando Joaquín quiso venderla, y recibió la visita de un comprador, Cosme, que escuchó la conversación por la baja tapia del fondo, siguió al desconocido, y una vez que este se hubo separado de Joaquín, lo interpeló, convenciéndole de que la casa estaba construida con pésimos materiales, lo cual era cierto.

Además, este odio era cuidado, abonado, puesto en tensión como las cuerdas de un violín, por sus respectivas esposas.

Se deseaban padecimientos atroces, lo que no les impedía hablarse sonriendo, adulándose respecto a insignificancias, dedicándose en los saludos sonrisas melosas, cambiando entre sí melifluos "sí, señora" y "no, doña", porque la mujer del corredor, que usaba sombrero y medias de seda, era "señora" para la otra que solo gastaba batón para salir y no se cortaba melena. Y como las propiedades estaban divididas por un cerco de alambre, conversaban a la hora de la siesta, buscándose a su pesar, yendo al jardín a recortar las rosas mondadas por las hormigas, o a preguntarse la hora, motivos estos que eslabonaban conversaciones inagotables, donde se sacaba a relucir la vida de la carbonera y la posibilidad de un tranvía en la calle próxima, dándose con solicitud conmovedora consejos sobre compotas y modos de podar las plantas.

En estos diálogos ocurría a la inversa que en los de los hombres, y era que la mujer de Cosme daba siempre la razón a la de Joaquín, imitando el modo de conversar de "la señora Eufrasia", sonriendo con sonrisas que le doblaban el vértice del labio hacia el ojo izquierdo, mientras que, a su vez, la "señora" movía en gesto de comprensión la cabeza hacia la pechera de su batón, gesto que era característico en la analfabeta que se había hecho de este tic, para no demostrar ignorancia. Pues tal movimiento era un compuesto de comprensión e indulgencia, o sea, las condiciones de inteligencia elevadas a su máximo, descubrimiento inconsciente pero que utilizaba con acierto la mujer del albañil.

Y el odio que no podían enrostrarse, la casi repulsión que las separaba, ponía en estos diálogos una atracción, y, sin repararlo, cuando ambas conversaban, estaban como esas criaturas que temiendo el vacío se asoman a los altos ventanales.

* * *

Ahora Joaquín no podía dormir.

Súbitamente se había introducido una incomodidad en su conciencia. Era aquello algo extraño, cierto apresuramiento del tiempo a través de sus nervios, de modo que la sangre empujada por el frenesí de los minutos, corriendo más rápidamente, tornaba anhelosa su respiración.

Bruscamente se le había transformado la vida, ¿mas, por qué su esposa no lo miró antes de acostarse?

Recordándolo, le parecía raro el tono de su voz, que ahora se le presentaba un poco desnaturalizada por el deseo de que el pensamiento expresado pareciera la consecuencia de una actitud natural.

Y, aunque desasosegado, no se movía.

El tiempo no pasaba nunca en las tinieblas, pero descentrado por una ansiedad de espera, sentía que la mitad longitudinal de su cuerpo pesaba más que la otra debido a un repentino descentramiento de la conciencia.

Y no quería asomarse a sus pensamientos, porque le parecía que de levantar la cabeza chocaría la frente con ellos.

Luego, entornando los ojos, miró por el intersticio de los postigos el cilindro amarillo que en el fanal del farol oscilaba tristemente y se dio cuenta que en la calle soplaba el viento.

Pero no se movía; tan inmóvil estaba, que lo sobresaltó la voz de su esposa preguntando:

—¿Qué te pasa que no dormís?

Y a las doce de la noche estaba aún despierto.

Tal silencio pesaba en el cubo negro de la estancia, que el silencio parecía el susurro tibio de los fantasmas desprendiéndose de los muros. Había algo de horrible en esa situación.

Tenía la impresión de que su esposa estaba incorporada junto a la almohada, pero él no la reconocía, porque de aquel semblante amable durante el día solo restaba un perfil de hueso de nariz rampante y terrible mirada lechosa, que, atravesando su carne, estampaba en su conciencia un dictado terrible.

Tan fuerte era el llamado implacable, que se revolvió espantado en su cama, al tiempo que con su voz suave le preguntaba su esposa:

—¿Qué te pasa que no dormís?

No podían dormir.

Los atenaceaba el mismo deseo pesado, la igual perspectiva de desastre que podían desencadenar sobre el albañil; y la figura de Cosme surgía ante sus ojos, desmesurada en la soledad de la callejuela, encorvada en el pescante de su carrito, con el pelo enredado sobre la frente y soslayando con sus ojuelos verdosos la carga roja de polvo de ladrillo.

O veían esto otro: y era el sargento de policía llegando en el crepúsculo a la casa de Cosme, golpeaba las manos, y de pronto, ellos, escondidos detrás de la ventana que daba al jardín, escuchaban:

—¡Señora... su marido está preso por ladrón!...

Un grito desgarrador cruzaba la perspectiva y la mujer caía desvanecida en el patio de mosaico, mientras que ellos solícitos acudían corriendo y preguntando:

—¿Qué le pasa, señora... qué le pasa?

Y ya Joaquín, no pudiendo soportar más su pensamiento, dijo en voz alta:

—No; por eso no lo van a condenar.

—¿Por qué?

Dejó él caer el brazo en la almohada de su esposa y dijo:

—Le darán dos años de cárcel... pero condicional... Lo único es el dolor de cabeza.

—Te entiendo.

—De lo que me alegro, porque uno es sensible aunque no quiera. Eso sí... lo más que le va a pasar es que le rematarán la casa...

—¿Quién?...

—El dueño de la otra obra... por daños y perjuicios.

En silencio se refocilaron los cónyuges, asomados a la siniestra perspectiva judicial de una tarde de domingo, con la callejuela recorrida de honestos propietarios, excitados por un remate ordenado por el juez. ¡Qué plato para la ferocidad del barrio!

Veían la bandera roja flameando en la caña tacuara, mientras que ellos, seguros, calafateados en su "casa propia" comentaban en rueda con el carbonero y la panadera las ventajas de ser honrados y esas desgracias que ocurren por "ensuciarse por una miseria".

Paladeando sus frases, Joaquín agregó:

—A nadie le gusta pagar... y el dueño de la obra va a encontrar admirable el pretexto de que Cosme lo robaba para hacerlo meter preso y no aflojar la plata que le debe...

—¿Pero por una miseria así?...

Joaquín replicó indignado:

—¿Una miseria? ¡Estás loca tú! El otro día lo pusieron preso a un carpintero por llevarse unas alfarjías y un paquete de clavos de la obra. ¿Dónde iríamos a parar si cada uno hiciera lo que quisiera? ¡No, m'hijita, hay que ser honrados!

—Sí, la frente limpia... ¿pero cómo vas a hacer?...

—Mañana me averiguo dónde está la obra... la dirección del dueño...

—No le vas a escribir, ¡eh!...

—Sí... pero le hago un anónimo a máquina.

—¡Cómo se va a poner la hipocritona de su mujer! Fíjate que ayer, con pretexto de enseñarme un figurín, me dice: "Ah, ¡no sabe?, cuando mi marido termine la obra le vamos a poner persiana a todas las puertas". Y todo, ¿sabés para qué?, para hacerme "estrilar".

—¡Qué gentuza!

—Y pensar que uno tiene que tratarse con ellos...

—Dejá... mañana lo arreglamos.

Bostezó Joaquín un instante, y ya cansado, dijo:

—Me voy a dormir. Hasta mañana, querida.

—¿Y no me das un beso?

—Tomá... y que duermas bien.

ÍNDICE

LOS HOMBRES FIERAS   9

ESCRITOR FRACASADO   18

EL GATO COCIDO   56

EL JOROBADITO   62

ODIO DESDE LA OTRA VIDA   87

UNA TARDE DE DOMINGO   98

NOCHE TERRIBLE   118

LAS FIERAS   155

EXTRAORDINARIA HISTORIA DE DOS TUERTOS   174

PEQUEÑOS PROPIETARIOS   183